文學館
Quill

作家的筆，是鳥的羽，載我們回到心靈最深處，築下永恆的巢。

文學館
Quill
17

巧克力戰爭

The Chocolate War

Robert Cormier
羅柏・寇米耶　作品
周惠玲　譯

代序

◎克莉絲・寇米耶・海斯

很開心《巧克力戰爭》即將要出版中文版了。我父親一定也會很興奮得知，遠在半個地球之外、另一個世代的讀者，即將要閱讀這本小說。由於它的故事主題，特別是當中所探討的關於面對腐敗權力的勇氣，《巧克力戰爭》很可能會同時引發你們國內年輕讀者和成年讀者的共鳴。在美國，它就是如此。

一九七〇年代之初，我的哥哥，彼得，有一天從他就讀的私立高中放學回來，告訴我們說，他被要求販售二十盒巧克力來幫助學校募款。他在全家人晚餐時說，他希望拒絕這件事，因為這很像在變相增加學費，而爸爸也鼓勵他勇敢做自己。彼得拒絕賣巧克力的這件事是一個開端。他並沒有因此受到任何人的欺凌，也沒有任何學校教職員來恐嚇他，事實上整件事很快就結束了。但是我父親卻無法自拔地陷入思索，不斷想像著各種可能的發展：「如果這學校主事者有強烈的權力慾望，那會怎樣呢？」「如果這學校裡有個祕密的學生幫派，並且和教職員勾結，肆無忌憚地威脅其他學生……？」於是，就種下了《巧克力戰爭》這本書的種子。

爸爸總是為那些聰明而敏銳的讀者寫故事。他發現，這樣的讀者往往都是青少年。因此，我們衷心希望，台灣的讀者不僅喜愛這個故事，也能發現到，主人翁經歷的過程（而不是故事結局）才是真正影響我們的部分。

謹此代表我父親、母親、兄弟姊妹，謝謝您們將他的聲音和訊息，帶給台灣所有人。

——二〇〇八・七・七

（本文作者克莉絲・寇米耶・海斯，為本書作者羅柏・寇米耶的二女兒。）

【譯序】敢於撼動宇宙的大師

◎周惠玲

《巧克力戰爭》是我二十九歲以後最愛的作家——羅柏・寇米耶*影響最深遠的作品。

這部小說敘述一位高中新生因為拒絕賣巧克力而成為全校公敵，一九七四年出版後，成為英美文學史上劃時代的作品，特別是引領青少年文學走出校園故事的窠臼，邁向高度成熟的藝術境界。它和《梅岡城故事》《麥田捕手》齊名，但對於青少年文學界的影響更鉅，寇米耶也因此被尊為青少年文學獨一的那位大師 (the single master)。

不過，我第一本讀到他的作品卻是《消失》(Fade, 1988)。這故事講述一位法裔小鎮的少年，繼承了一種讓自己隱身消失的能力，他本以為這是上天的恩典，直到他藉由這種能力見識了他不想看見的黑暗世界……。這本小說被史蒂芬・金譽為「《麥田捕手》的霍登潛入了H・G・威爾

＊他的姓 (Cormier) 該怎麼念，就連美國藝文界也很困惑，是 Cor-meer？還是 Cor-mee-ay？他本人隨和地說，怎麼念都可以，但根據他多年好友兼傳記作者坎貝爾 (Patty Campbell) 說，他自稱為 Cor-mee-eh，這念法不僅源自他的法裔加拿大移民背景，更多是受到新英格蘭地區土音的影響。

斯的《看不見的人》裡」。以兩大經典來比喻的作品，自然精采無比，不過，若要我形容，還要再加上史蒂芬・金的《四季奇譚》，因為寇米耶描述人性黑暗那種讓人起雞皮疙瘩的功力，正和史蒂芬・金不相上下。這部作品還被讚譽為「法裔移民的《湯姆歷險記》」，寇米耶也確實高妙地藉由奇幻文學表相，裡織了自家身世與歷史記憶。

寇米耶出生於麻州萊姆斯塔（Leominster，依當地土音譯）的法丘 (French Hill) 地區，父祖鄰居皆來自加拿大的法裔移民，社區居民關係緊密，雖是貧窮工廠勞工，卻用畢生積蓄合蓋了一座壯麗雄偉的聖母教堂。寇米耶的作品或隱或明，多半以故鄉人情為背景，包括他的成名作《巧克力戰爭》中，就反映了他自小就讀的天主教學校，以及他轉學到普通中學所感受的孤立感。

他的寫作天分開展甚早，七歲時就有修女認定他是位作家，就讀菲奇堡 (Fitchburg) 州立大學時，老師偷偷將他的作品投稿到雜誌去，意外獲得高額稿酬的他，從此確立了以寫作為生涯。一九四六年起，他先在伍斯特 (Worcester) 的 WTAG 電台撰寫廣告文案；兩年後轉往平面新聞界，歷任《伍斯特電訊公報》與《菲奇堡衛報》記者與專欄作家，表現傑出，曾三度獲得新聞報導獎。工作之餘，寇米耶擠出時間創作小說。他的處女作《此刻和那時》(Now and at the Hour, 1960) 是根據他陪伴父親臨終的心路歷程而寫的半自傳，但以臨終者第一人稱敘述，出版後獲選《紐約時報》年度十大好書，書評者給予高度讚揚，但銷售平平，其後兩本小說亦是。

直到《巧克力戰爭》出版後，寇米耶才聲名大噪。這本根據他兒子彼得拒絕幫學校賣巧克力所引發靈感的小說，創作時並未設想讀者對象，但他的經紀人馬羅 (Marilyn Marlow) 也是辛頓 (S.

E. Hinton)的經紀人，由於辛頓《邊緣小子》（The Outsiders，電影《小教父》原著）的成功經驗，馬羅建議這本書放入青少年書櫃中。初時，有些出版社認為這麼寫實而黑暗的小說，不適合青少年閱讀，甚至逼寇米耶修改故事結尾，但寇米耶仍堅持忠於創作。結果，書出版後，同時受到成人與青少年的迴響，書中主角自問的「我敢不敢撼動這宇宙？」也成為寇米耶的文學標誌。但因為故事內容挑戰教育體制與宗教等等禁忌，而始終成為美國保守團體抵制的對象，直到二〇〇四年仍是年度查禁第一名。本書一九八八年改編成電影，導演修改故事結尾，但未引起共鳴。

之後，他又創作了十三本小說，本本叫好叫座，且都是打破成人與青少年閱讀界限的作品，包括眾人千呼萬喚始出來的續集《超越巧克力戰爭》(Beyond the Chocolate War, 1985)，以及台灣先後譯介的《將軍與兒子》(After the First Death, 1979)、《我是乳酪》(I am the Cheese, 1977)。一九七八年寇米耶辭去新聞工作，專職創作，偶爾遠行演講，但始終定居萊姆斯塔老家附近。溫柔羞怯的小鎮先生性格，和他那些黑暗而震懾人心的小說，形成極大反差。有一次《出版者週刊》專訪他時，記者還爆笑地以「我跟各位粉絲報告，他一點也不邪惡……」作為開場白。

一九九九年底，寇米耶因心肌梗塞昏迷十二小時，隨後檢查出肝癌，但他病榻上仍奮力校訂《破布與骨頭商店》(Rag and Bone Shop, 2001)，翌年一月二日病逝，英美各重要媒體皆以專刊大篇幅悼念，認為他就像《巧克力戰爭》的傑瑞，以一人之力撼動了整個文學界。

學者綜論寇米耶的作品，認為他在文學史上創下幾項里程碑：首先，他開啟了一種新的文類，以成人文學的藝術高度，書寫青春的物語；其次，他打破了禁忌，將以往作家不敢書寫的議題和內容，逼真呈現讀者面前；另外，他也影響了無數後起之秀，形成了所謂「寇米耶式」(Cormieresque)小說風格——簡短字句、電影式場景、環環相扣的情節、令人戰慄的對話、鮮明的角色、充滿美感的隱喻象徵、黑色喜劇式的諷刺、直指人性的哲學思惟……等。

這些特色，在《巧克力戰爭》中皆表現得淋漓盡致。寇米耶曾自白，他比較擅長用顯微鏡而非望遠鏡來寫作。反覆細讀他的作品，確實會發現一座精緻微雕的宇宙：首先，這部小說的結構極致嚴謹，作者以美式足球的陣式戰略，來設計大小情節進展與角色相互攻防，且具有框架小說形式，從開頭一句「他們宰了他」之後，整個故事就是傑瑞被宰的過程；第一章傑瑞被撲倒在五十碼線上，故事末了他又倒在同一個地方，首尾呼應，又像是漂亮的電影迴圈設計。另外，書中所有角色刻劃、場景設定、事件情節的因果銜接，甚至連次要角色畢業的學校、手持物件與巧克力品牌，皆有其象徵含意，而且寇米耶特別喜愛多重轉喻的語言……。種種細節與巧思，讓我在翻譯過程，如履薄冰，既努力想揭露冰山一角，又希望保留讀者自行發掘的快感。當然，語言文化差異與個人能力不足處，也曾讓我痛苦。但整體來說，因為浸淫在大師的宇宙中，細觸每個思緒變化，而無比幸福快樂。寇米耶曾說，透過最黑暗深淵的掙扎，才真正發覺人性的力量。對我來說，《巧克力戰爭》的閱讀、翻譯過程也是如此。

最後，感謝所有幫助我讓這譯本減少錯誤的師長朋友：曾淑芬對校原文；陳錦輝指正美式足球用語；董宜俐和她學生們的試讀，協助確認青少年用語；沈如瑩、林世仁與翁淑靜對語句的潤飾；以及幸佳慧、李苑芳、劉鳳芯與張子樟教授的討論指正。

大家讀《巧克力戰爭》

曾志朗（中央研究院院士）

這曾經是一本被美國學校圖書館列為管制的青少年校園小說，自一九七四年出版之後，就不停地遭受教會保守勢力的圍剿。我忍受不了「禁書」的誘惑，利用一次在紐約參加學術研討會的空檔，跑到舊書攤上尋得一本。

篇幅並不長，但故事很吸引人，對學校行政高層為私利而強迫學生去販賣巧克力糖的惡行惡狀有入骨三分的描繪；對一位生就不是英雄的學生，如何被迫成為抗拒「不義之行」的英雄，最後又無奈回到「根本不是英雄」的角色，作者的陳述是令人著急的（雖然我們也不知道應該給予什麼樣的期待?!）；而校園裡的學生地下組織，假借「反權威」與「反成規」的剛強表現，卻陰險地出賣自己的靈魂給口裡所抗拒的權威（學校高層）。這一切才是青少年在成長階段所面臨的真實困境，而社會上的不公不義，在校園裡早已上演！我當時反覆閱讀這本小說，一度把它當作我教「心理學導論」的課外參考讀物，學生們反應熱烈，一名學生在報告的結尾寫道：「這是我的戰爭！」

是的，三十年後再讀這本書，體認咀嚼人生林林總總的經歷之後，我為它下了個註腳：「這是我們心裡最恐懼的戰爭！」

張子樟（前台東大學兒文所所長）

「他們宰了他。」如此怵目驚心的第一句話點出了校園同儕壓力造成的霸凌現象，故事背景為教會學校更具反諷意味。全書細膩描繪主角傑瑞在「辨別是非」與「對抗暴力」的掙扎過程。寇米耶為「問題小說」的定義作了最好的詮釋，「疏離」和「孤獨」是這本傑出的反英雄小說的主要精神。

跟許多青少年一樣，傑瑞深受孤獨之苦，諸事不順，命運處處與他作對。青少年在他身上看到了自己。然而傑瑞孤軍奮鬥，不屈不撓，對抗一切，如此一來，疏離感和孤獨感變得更加嚴重。全書急欲傳達的訊息再清楚不過：命運多舛。最後他不得不屈服：「千萬不要去撼動整個宇宙。」所以我們第一次在少年小說中讀到：好人最後沒得到勝利，壞人在故事結束時也沒受到懲罰。

曾淑賢（台北市立圖書館館長）

本書在故事的鋪陳上，具有青少年讀物特有的細膩。故事情節起伏不斷，角色性格鮮明，節奏明快精準，高潮迭起。對於人性的殘酷、懦弱、在壓力下的掙扎等等，描寫深刻。尤其，青少年對權威的反抗、對惡勢力的屈從、過程中內心的矛盾與掙扎、所承受的壓力，刻劃生動。很有震撼力的一本書，令人回味無窮。

虞戡平（導演）

《巧克力戰爭》有著極縝密的結構，作者用精準的敘事手法探討青少年之間的互動，鮮活而深刻，綿密而豐厚。特別是對人性心靈最深處的殘暴與恐懼，透過對青少年的本質及保守教育體制的探討，描繪得淋漓盡致，讓人不寒而慄。而譯者用貼切的現代青少年用語，提升讀者的解讀力，消彌不同世代的差距，更增加了本書的可看性。

馮季眉（國語日報總編輯）

如何「勇敢做自己」，是每個人都會遭遇的生命課題；在最需同儕認同的青春期，這個課題的挑戰更鉅。

傑瑞是個討厭與人起衝突的青少年，而且拚命想贏得學校教練和隊友認同，躋身夢寐以求的足球隊，然而，因為接受校園幫派「守夜會」的指令，他必須拒絕幫學校賣巧克力募款，忍受被視為異類的龐大壓力。然而，這個過程反而變成他「勇敢做自己」的啟蒙。

傑瑞為此付出極大的代價，但是當他遍體鱗傷被抬出他人生第一個「競技場」的時候，相對於肉身被打敗，他的心智以及自我之完整健全，卻是其他人所不及。

這是近年來最令我動容的一部少年小說。傑瑞透過對「守夜會」的反叛，進行一場生命的反叛；一如《麥田捕手》主人翁霍登，他們青春的生命同樣充塞著不被了解的苦悶與孤獨，令人久久低迴。

尖銳、犀利、怵目驚心的傑作！《巧克力戰爭》彷彿是血淋淋的青春殘酷物語，但殘酷的不是青春，而是偽善的教育體制，以及蒼白又冷血的成人世界。正如同羅柏．寇米耶所說：什麼是賤民？就是每天上學，然後搭公車回家，做作業。

郝譽翔（作家、東華大學中文系副教授）

也許青少年在大人眼中，是一群只會耍酷、裝帥、愛炫，或者沈迷於電玩無憂無慮的新新人類，卻沒察覺到他們心底的焦慮，以及在尋求認同與疏離之間的徬徨與矛盾。《巧克力戰爭》可以讓大人得以理解，也可以讓青少年體認到「原來我並不孤單」而度過生命中可能的風暴。對大人與孩子來說，這都是一本啟蒙書。

李偉文（荒野保護協會榮譽理事長）

寇米耶，在文學上占有幾項關鍵的里程地位，而他的這部作品更是任何經歷過青少年時期的必讀經典。它深邃的層次，讀一、兩遍絕對嫌少。寇米耶不是個無藥可救的樂觀主義者，他總是把邪惡、墮落、殘暴狠狠地在人眼前攤開，讓人無能閃避。但他深信一個人行善的能力遠勝於行惡，也一再用他的小說告訴世人：一個人所受的公評，絕非來自他的出生或出處，而是他所下的決定與採取的行動。何謂「英雄」？字典無能給的答案，可在他的書中體會拾得。

幸佳慧（作家）

這是一本即使跨越了時空年代，仍然帶著沉厚力道的小說，一九七四年完成的作品，在三十多年後讀來仍舊銳利憾人。在閱讀的過程中，那種無可躲藏，無法逃避的力量透過文字迎面而來，常讓人得不時放下書本，調整心情，整理思緒，再次面對這撞擊的力道。

作者羅柏·寇米耶在青少年寫實小說興起的最初年代，透過巧克力戰爭立下一個超越性的典範，而如今，這個典範仍然令人讚嘆！

張淑瓊（誠品書店兒童專區區督導）

本書以青少年犯罪、校園暴力為主軸的書寫形式，帶出年輕的主角在自我意識與殘酷現實中拔河的無奈。要走隨波逐流的鄉愿之路？還是跟隨自我、展現不願接受脅迫的勇氣？再再都讓成長中的學子，面臨兩難的抉擇。本書主角在校園霸凌的威脅之下，毅然展現「自反而縮，雖千萬人吾往矣！」的大勇，真教許多成年人感佩不已，同時也為之捏一把冷汗！

賴玉絲（社團法人台北縣板橋市動態閱讀協會理事長）

閱讀本書的過程，絕對會是種喜悅。洗練的文字、豐富精準的意象、劇場式的場景，生動的人物性格與對話、及緊實架構中的處處伏筆……讓你邊呼過癮，又布滿驚嘆。

曾淑芬（禮筑書店英美小說讀書會帶領人）

然而，被幫派、霸凌惡意操控的高中校園，被陰沉貪婪的教師凌遲的無辜學生、及被詭詐手段無情摧毀的一小撮良知與勇氣……一幕幕醜惡不堪的畫面，也將不斷衝擊著你。

闔上了書，你就以為拋掉了堵塞在胸口的鬱悶與挫折，安然置身事外了嗎？

錯了！書中種種角色，都有可能是你。在多變的情境及試煉中，你有多少勇氣？願意堅持多久？會不會妥協？是任人宰割的小可憐？隨俗從眾的牆頭草？打死不退的悲劇英雄？或是自私冷漠的「沉默大多數」？……

闔上了書，繁複的生命問題才開始盤據腦中。

陳嘉英（景美女中語文資優班導師）

總以為青春當飛揚著夢想，年少當有鑲金翅膀，校園當溢天真單純……然而，這世界陰暗的角落，空洞的靈魂，蒼白的人性，並沒有因為我們的「以為」而輕易粉碎。卡夫卡一九〇四年寄友人信中說道：「快樂並非讀書的主要理由，人真正需要的書，是讀後有如遭遇晴天霹靂的打擊，像失去至親至愛，像被放逐到荒郊森林。」在《巧克力戰爭》裡，尖銳的現象撞擊一向理所當然的認知，逼得我們思索：道德的蒼涼與守護善良的秩序，需要多大的勇氣與堅持。

謝旺霖（《轉山》作者、清華大學研究生）

此書深刻挖掘出青少年校園生活，同儕間的暴力與殘忍，儼然亦揭發了社會裡集體壓迫和恃強凌弱的縮影。作者羅柏・寇米耶精準的筆觸，一次又一次試探人性的弱點，挑戰生存的禁忌，不禁令人讀來冷汗直流，自慚形穢，但更重要是，它見證了單憑孱弱的一己之力，堅決要撼動整個「宇宙」現實的秩序，也絕非不能。

——東明相（電影《練習曲》男主角）

我在主角傑瑞的身上看到了「做自己」的最佳詮釋，當所有人都說「要」的時候，他勇敢地說「不要」。《巧克力戰爭》是一本對人性描寫相當深刻的小說，我們每個人心中可能都存在著邪惡的亞奇，也存在著獨特的傑瑞。

一位撼動這宇宙的文學大師。

——坎貝爾（Patty Campbell，作家、加州大學文學教授）

如果不是看了《巧克力戰爭》，或許今天我就不會成為作家。在長達十幾年的時間裡，每當我要下筆寫我自己的小說時，這本書總會出現在我的記憶裡。寇米耶是我們這領域的珍寶，是我們的良知。

——吳爾芙（Virginia Euwer Wolff，作家、美國國家圖書獎得主）

簡單地說，如果沒有羅柏．寇米耶，就沒有我這個作家！

——葛拉裘（Chris Crutcher，作家）

《巧克力戰爭》的故事架構一流，內涵豐富，情節設計得非常巧妙，敘事的節奏精準，充滿懸疑；作者把複雜的概念呈現得十分清晰。

——《紐約時報》

書中所有的角色都刻劃得非常鮮明！這本小說最獨特之處，在於它對人性的殘酷與奴性，描寫得十分淋漓盡致。

——《學校圖書館月刊》

探討少男同儕中的暴力與邪惡，並不算個新鮮的題材，但羅柏．寇米耶的《巧克力戰爭》卻讓人立即共鳴……迫不及待想知道它的結局。

——柯克思書評

這本慧黠的小說，充滿寫實的氛圍、對話生動，而它豐厚的肌理足以吸引各種階層和年齡的讀者。

——《暢銷書》

羅柏．寇米耶寫了一本耀眼的傑作。

——《兒童文學書評》

巧克力戰爭

The Chocolate War

以愛，將此書
送給我的兒子彼得

第一章

他們宰了他。

傑瑞轉身接住球，一堵肉牆撞上他的頭側邊，緊接著，有一記硬拳揍向他的胃。眩暈噁心中，他摔倒在草地上，嘴巴撲向砂礫，狂吐。

恐怕有好幾顆牙齒被撞斷了。他站起身來，透過濛霧的視線看著晃動的球場，直到所有的景物回歸原位，就像相機鏡頭終於對好了焦距，世界的輪廓再度鮮明，有稜有角。

第二次攻防，球拋傳過來。他從剛才被擒倒的地方向後退，漂亮地接住球，接著舉起手臂，目光搜尋著該把球傳給哪個接球員——那個綽號「羅花生」的高個子行吧？

突然，後方有突襲，他猛地陷入暈眩，就像掉入漩渦裡的一隻玩具小船。他跪倒在地，抱住球，奮力想忽略胯下的劇痛，知道這時絕不能顯露任何痛苦的表情，「教練正在測試你的能力，測試，你一定要挺住。」他想起了之前「羅花生」給他的警告。

我挺得住，傑瑞跟自己說，一寸一寸直立起身，小心不去傷到骨頭或肌腱。他耳中響起電話鈴聲。喂喂，我還在。他嚅動嘴唇，嚐到了一股胃酸，夾雜著塵土、青草與砂礫。他察覺到其他球員包抄上來，個個戴著頭盔、身形怪異，宛如來自不知名世界的生物。這一生，他從未感覺如此孤單、被遺棄，而且無助。

第三次攻防，他同時被三個人襲擊：一個，朝向他的膝蓋；另一個，他的胃；第三個，則是他的頭——頭盔一點用處也沒。他感覺自己被拖出了身體外，然後又被塞回去，只不過，每個器官都塞錯了位。他震驚地察覺到，疼痛不是單一的——而是細微多元的：這一處刺痛，那一處瘀塞，這邊灼燙，那邊撕裂。

當身體撞擊地面的瞬間，他煞住。球衝了出去。他的呼吸沒了，就像他的球——他被恐怖的僵硬攫住了——緊接著，巨痛襲擊而來，而同時他的呼吸恢復了。嘴巴噴出液體，但他很高興地發現，甜美的冷空氣充滿他的肺葉。

他試著站起來，可惜身體卻背叛他的意願。算了，他決定投降。此時此地，就在五十碼線❶上，他將沈沈睡去，拋開見鬼的為球隊奮戰，他要睡了，管他世界毀滅……。

「傑瑞．雷諾！」

怪怪，竟然有人在叫他。

「雷諾！」

教練的聲音像粗糙的砂紙，刮磨他的耳膜。他眨巴著睜開眼睛。「我很好。」他說，並沒有特別針對誰，也許是想對他父親說吧。也或者是在對教練說。他真的不想放棄此刻如此甜美的睏倦，可是當然了，他必須。他很遺憾自己必須離開地面，同時又茫然困惑，不知道該怎麼做，才能讓垮掉的雙腿和碎裂的頭顱站起來。結果，他震驚地發現自己竟然是站著的，完整無缺，而且全身還不斷甩動，活像那種掛在汽車車窗上的新奇玩具，差別只在於，他正上下甩著，而不是左右甩動。

「看在老天的份上，」教練大吼。他的聲音充滿鄙視，口水噴向傑瑞的臉。

喂，教練，你的口水噴到我了，傑瑞抗議，不准再噴了！但他大聲說出口的卻是「我很好，教練」。因為他是個小孬孬，每次遇上這種情況，就只敢在心裡幹譙，行動完全相反——他已經當了千百回縮頭烏龜，這條命早就被上萬顆王八蛋臭爆了❷。

「你多高，雷諾？」

---

❶ 高中美式足球比賽分成四節，在每一節裡，主攻的一方有四次進攻機會(play)，又稱四個「當」(down)。從攻方這邊球場的四十碼線踢開球後（大學和職業美足則分別從三十五和三十碼碼線踢開球），只要攻方能在四次進攻機會中持球前進十碼，就能取得繼續進攻的另四次機會。此處傑瑞倒在五十碼線上（也是攻防雙方的中心線），表示他只差一點點就要成功了。

❷ 作者在此使用了寓意多重、對仗巧妙的雙關語。原文「he had been Peter a thousand times and a thousand cocks had crowed in his lifetime」，其中大寫的 Peter 指耶穌的大弟子彼得，他曾經三度不敢承認耶穌，而小寫的 peter 和 cock 兩字在俚語中皆指男性生殖器，有譏笑人軟弱無能之意，本譯文暫以亦具有性暗示的烏龜、王八蛋譯之，但其實此句話的含意不只如此。主角傑瑞在這句內心獨白裡，雖批評自己是個懦夫、孬種。然而，彼得的希伯來原名有「磐石」之意，cock 也另有「領袖」之意，而四分衛更是美式足球隊的主帥，作者以此暗示傑瑞遠比他自以為的堅強。

「一百七十六公分，」他喘著氣，繼續和新鮮空氣奮戰。

「體重呢？」

「六十九公斤，」他說，直視教練的眼睛。

「恐怕是淋溼了以後秤的吧，」教練尖酸刻薄地說。「你見鬼了幹麼跑來打美式足球？你的骨頭上需要再多長點肉。你見鬼了幹麼想來當四分衛？最後面還可以。算是吧。」

教練的模樣像是個歷盡滄桑的老流氓：曾斷裂的鼻梁；臉頰上有一道疤，一條像鞋帶的縫線；他臉上的鬍碴像是銀色的冰屑，需要好好刮一刮。他無時不在咆哮，他老愛詛咒，而且毫不留情面。但大家都說，他是一位好教練。此刻這位教練緊盯著他，深色的眼珠探測他，掂量他。傑瑞極力穩住自己。不准搖晃。不准暈倒。

「好吧，」教練嫌惡地說，「明天再來。四點準時到，不然，我就把你踢出去。」

他從鼻孔深吸一口甜美清新的空氣——不敢張大嘴巴，避免做任何非必要的動作——他蹣跚走向邊線，同時聽著教練對其他球員狂吠。他突然好愛那個聲音。「明天再來。」

他舉步困難地離開球場，走向體育館裡的儲物櫃，一路被下午的陽光刺得不斷眨眼。突然，他的膝蓋變輕鬆了，身體輕盈有如空氣。

知道嗎？他問自己。這是他有時會玩的把戲。

知道什麼？

我就要正式加入球隊了。

做夢，你在做夢。

這不是夢，是事實。

傑瑞又深吸了一口氣。一處疼痛出現，隱隱的，微微的——這是痛楚發出的雷達訊號。嗶嗶，我在這裡。痛。他跛著，雙腳像碎裂的玉米片。但同時，卻有一股奇怪的幸福感襲來。儘管他知道，剛剛在球場上，他其實是被那些接踵衝來的球員惡整了。他們攫住他、像倒垃圾似地將他摔在地上。但他熬過來了——他站起來了。「最後面還可以。」教練最後應該是決定要採用他了吧？擔任哪個角色都行，只要能加入球隊。嗶嗶聲更加響亮，此刻，痛苦的源頭確定了，就在他右胸的肋骨之間。他想起了母親，想起她在藥物的作用之下，最後誰也不認得，包括傑瑞和他父親。短暫的愉悅消失了，他想抓回它，卻是一場空，就像手淫射精後的下一瞬想要找回狂喜的記憶，卻只能得到羞愧和罪惡感。

酸液開始瀰漫整個胃，暖暖的、溼溼的，而且很噁心。

「嘿，」他虛弱地呼喊，不是對著任何人。根本沒別人在聽。

他奮力想回到學校去上課。等他終於趴在廁所的地板上時，下巴頂住馬桶邊沿，消毒水的氣味嗆著他的眼球。反胃的感覺沒了，痛苦消失了。汗水如細微的水珠，布滿他的額頭。

這時，無預警的，他吐了。

第二章

歐比無聊斃了。比無聊更糟，他很煩。他也累了。這幾天他都覺得很累。上床累，起床也累。他察覺到自己不時在打呵欠。更重要的，他發覺自己對混蛋亞奇煩透了。像亞奇這樣的混蛋，歐比時而崇拜，時而痛恨。就拿這一刻來說吧，他對亞奇就懷著一種特殊的強烈恨意，這也是他厭煩與萎靡情緒當中的一部分。歐比一手拿著筆記本，另一手的指頭轉弄著鉛筆。他看著亞奇，帶著尖銳的憤怒；他痛恨亞奇坐在那兒的姿態，痛恨亞奇輕微晃動的金黃色頭髮，痛惡亞奇沾沾自喜的模樣——吼，亞奇明知道他快要趕不上打工時間了，卻還拖延著不肯放他走，故意在這裡窮蘑菇。

「你真是個大混蛋，」歐比最後說，挫敗感發作，就像一瓶可樂不斷被搖晃，直到終於炸開。「你知道嗎？」

亞奇轉過身，和藹地微笑看著他，宛若一位該死的國王正在布施恩澤。

「天殺——」歐比說，怒氣加劇。

「不准罵髒話，歐比，」亞奇呵斥，「不然你可得去告解了。」

「哎呀呀這可是誰在說話啊。我真搞不懂，今天早上在教堂裡做禮拜的時候，你怎麼好意思去領聖餐❸啊。」

「意識？我的意識最純潔了。歐比大仔，你每次做完禮拜去排隊的時候，都相信自己是在領耶穌的聖體來吃。而我呢，只不過是心思單純地嚼著從伍斯特秤斤買來的小酥餅。」

歐比嫌惡地轉開視線。

「而且，歐比，當你說『耶穌』這兩個字的時候，你想的是你信仰的神。可是當我在說『耶穌』的時候，我指的是某個在地球上活了三十三年的人，只不過，他被一群搞ＰＲ的虎仔幻想成別的。我所謂的ＰＲ，指的可是公關❹喔，我好心多費唇舌說明一下，省得你又想歪了。」

歐比實在懶得搭理。要比唇槍舌劍，你根本贏不過亞奇。他實在太伶牙俐齒了，特別是當他興致來了開始耍嘴皮的時候。亞奇經常滿嘴「大仔」和「虎仔」，渾像是混黑社會的，一點也不

---

❸ 領聖餐(Receive the Body)是天主教與基督教的禮拜儀式，典故來自耶穌與門徒的最後晚餐上，耶穌掰餅分給門徒說：「這是我的身體。」後來基督徒便以吃餅和喝葡萄酒作為紀念耶穌、增強與基督連繫的儀式。下文中，亞奇提到的伍斯特(Worcester)，是美國麻州與新英格蘭地區第二大城，也是作者寇米耶工作了二十年的地方。根據上下文判斷，本小說的故事場景設定在這附近地區。

❹ 英文的ＰＲ，有一個意思是指Proverbs（《舊約聖經．箴言卷》）的縮寫，此處亞奇玩弄文字遊戲，故意把聖經上耶穌事蹟解釋成一種「公關」(Public Relations)文宣。上下文中的「大仔」和「虎仔」是台灣與廣東黑幫裡的稱呼用語，分別指大哥和小弟。

像是某個高中的學生，好吧，就算是在三一高中❺這種臭爛的小學校裡

「好啦，亞奇。時間很晚了。」歐比說，試圖喚回亞奇比較良善的那一面。「這陣子我都快累趴了！」

「你少跟我嘰嘰歪歪的，歐比。而且，你根本就恨死了那份工作。你潛意識裡巴不得被炒魷魚。這麼一來，你就不用成天在那邊補貨上架、看顧客的結屎面，也不用週末工作到深夜，你就可以去——你想去哪裡啊？——就去青春交誼廳，對著那些看板流口水好了。」

亞奇這人太恐怖了。他怎麼知道歐比恨透了那個蠢工作？他又怎麼知道歐比特別痛恨星期六晚上必須留在超市裡整理一排又一排貨架，一面想著別人都在青春交誼廳裡打混？

「看吧？我這可是在幫你忙耶，你已經受夠了星期六下午去工作，還要讓老闆摸摸你的頭說，『你做得真棒，歐比寶貝，工作完畢，你可以滾了。』這下子你可以搶在他前頭叫他滾蛋。」

「那我的錢要從哪來？」歐比問。

亞奇擺擺手，表示他對這話題沒興趣了。你可以從他的身體語言看出他的絕情，儘管他只是把坐在水泥看台上的屁股稍微挪離歐比一兩步。在看台下方，美式足球場上群眾的叫囂聲，模糊地迴盪空中。亞奇的下唇微張，這表示他正專注地盯著某個東西看，正在思考。歐比期待地等著，同時也痛恨自己內心裡那個崇拜地仰望亞奇的部分。亞奇擁有一種特殊魔力，可以激得你興奮無比，也可以讓你絕望到底。他的聰明才智可以讓你目眩神迷——這些年來的「守夜會任務」❻，更讓亞奇成為三一高中的一個傳奇。但他的冷酷也可以讓你生不如死；他對人冷酷的方式很獨特也很詭

異，倒不是說他會使用肢體暴力或造成生理上的傷害，但從某方面來說反而更可怕。歐比想起亞奇做過的事情，不由得不安起來，他甩開那些記憶，全心期待起亞奇開口，指示出一個人名。

「史丹滕，」亞奇最後說，耳語般說出這個姓氏，語調輕柔得彷彿正愛撫著每個音節：「我記得他的名字叫諾曼。」

「沒錯。」歐比說，潦草地寫下這個名字。還要再兩個。在四點以前，亞奇總共得指定出十個人名來，目前歐比的本子上已經記了八個。

「那任務內容是？」歐比提醒他。

「人行道。」

歐比獰笑著寫下這個詞：人行道。還真是個單純的名詞呀，但是，亞奇總有辦法把人行道這類單純無比的東西弄得完全不一樣，到時候諾曼．史丹滕也是——歐比記得他是個大嗓門、愛吹牛的傢伙，有著雜亂的紅髮，眼睫毛上總是沾黏著黃色眼屎。

「嘿，歐比。」亞奇說。

---

❺「三一」是「三位一體」(Trinity)的簡稱，也就是基督教教義中，以聖父、聖子和聖靈三者所形成的「神的統一體」。

❻「守夜會任務」(Vigil Assignment)一詞中，守夜(Vigil)原指宗教節日前夕，特別是復活節前夕的守夜祈禱，而任務(Assignment)一詞則和學校老師派給學生的作業相同。本書中，以亞奇為首的校園黑幫自稱「守夜會」，從這名稱可以看出亞奇以學校守護神自居，且與教師同等地位。

「怎樣？」歐比問，戒備著。

「你打工要來不及了喔，我的意思說——你真打算工作不要啦？」亞奇輕柔的聲音中帶著關切，溫和的眼神含著憐憫。這是亞奇最叫人困惑的地方，他可以前一秒鐘像個聰明絕頂的混蛋，下一秒鐘又像是個善良至極的好人。

「我不覺得他們會叫我走路。那家超市的老闆跟我們家很熟。不過我是覺得啦，太晚去的話，呃，也不太好。我本來應該加薪了，可是老闆說要等我工作更投入一點再說。」

亞奇點點頭，一副公事公辦的樣子。「好吧，那我們就把剩下的做完，好讓你去投入工作。或許，我應該派個人去那家店關照一下，叫你老闆讓你的日子好過一點。」

「天哪，不要！」歐比立刻說，嚇出一身冷汗。亞奇的勢力很可怕，他知道。這也正是為什麼你得站對邊，不能跟這個混蛋作對。最好是不時去幫他買好時巧克力❼，填飽他的口腹之慾。謝天謝地，幸好亞奇不愛哈大麻之類的東西——要不然歐比可能就得去當藥頭，四處吆喝，來滿足亞奇。名義上，歐比是「守夜會」的祕書，不過他知道這個工作真正要打點的是什麼。至於「守夜會」的會長卡特，他混蛋的程度其實跟亞奇差不多。「你的工作就是設法讓亞奇開心。只要他開心，我們就開心。」

「再來兩個名字。」亞奇思忖，一面起立，伸展筋骨。亞奇長得相當高，而且不至於太粗壯。他慵懶的動作中，隱約帶有一種韻律感，步伐像個運動員，雖然亞奇討厭所有的運動項目。事實上他根本就瞧不起運動員，尤其是美式足球和拳擊的運動員，而這兩者恰好是三一高中最熱門的運動項目。通常，亞奇是不會挑選運動員來進行任務的——他宣稱那些運動員太蠢了，根本無法理解任務的精緻內涵，更別提當中還牽涉了許多微妙複雜的細節。

亞奇不喜歡暴力——大多數他所指派的任務都比較傾向心理層面的挑戰，而非生理層面的。這也就是為什麼他至今仍然可以逍遙法外的原因。對於三一高中的修士們來說，你只要維持住表面的和平——校園裡不吵不鬧、沒人缺手斷腳之類的——其他的都好商量。要不然，大家就走著瞧。這也正合亞奇的意。

「那個綽號叫『羅花生』❽的小鬼。」亞奇說。

歐比寫了「羅南・古博」。

「尤金修士的教室。」

歐比露出惡意的獰笑。他超愛亞奇把修士們扯進任務中。當然啦，通常那也意味著最膽大妄為的任務。總有一天，亞奇一定會玩火自焚的。不過，尤金修士也會跟著倒楣。尤金修士是那種善良無害的人，根本就是生來被亞奇欺負的。

太陽躲進移動的雲層後面。亞奇再度陷入沈思，不再理會周遭一切。起風了，風中夾雜著從

---

❼ 好時 (Hershey) 是美國極暢銷的巧克力品牌，歷史悠久，寇米耶特別點名這個巧克力品牌，可能是因為它最有名的產品，是形狀像三角圓錐體的「好時之吻」(Hershey's Kiss) 巧克力。

❽ 羅南・古博 (Roland Goubert) 的姓和花生 (Goober) 音相近。

美式足球場上揚起的塵沙。球場早該鋪上草坪，免得一直黃沙瀰漫。看台的水泥座位也該重新上漆了——上面的漆膜早就鼓起、剝落，就跟那些斑駁的板凳一樣。球門柱的陰影在球場上拉得長長的，看起來很像是詭異變形的十字架。歐比打了個寒顫。

「你們見鬼了把我當成了什麼?!」亞奇問。

歐比保持沈默。這問題不需要回答。亞奇彷彿也只是在自言自語。

「這些該死的任務，」亞奇說，「你們覺得很容易嗎？」他的聲音憂傷地低沈了下去，「還有那只黑盒子……」

歐比打了個呵欠，他累了，而且很不舒服。每當他察覺到亞奇的聲音充滿苦惱時，他就不知道該怎麼辦才好，而每次一發生這種情況，歐比發現自己就會猛打呵欠，覺得很累、很不舒服。搞不好亞奇會把他放進名單裡？你從來摸不透亞奇會怎麼做。歐比很高興發現亞奇終於甩甩頭，彷彿揮開一個邪惡的詛咒。

「你都沒幫忙想，歐比。」

「我從來都不覺得你需要幫忙啊，亞奇。」

「難道你不認為我也只是個凡夫俗子而已？」

這我可不確定。歐比差點就這麼回答。

「幾分鐘前那個剛離開球場的小鬼是誰？被海扁的那個。」

「那個小鬼叫做傑瑞・雷諾。新生。」歐比邊說，一邊翻閱著筆記本，找到雷諾的資料。他的筆記本比學校的檔案還要完整，上面詳細紀錄了三一高中裡每個人的身家資料，還加上精心的註記眉批——這些註記絕對不可能出現在學校正式檔案上。「找到了。他的全名是傑若米．E．雷諾，爸爸的名字叫詹姆斯，在布雷克市當藥劑師。那個小鬼是九年級新生❾，生日是——讓我瞧瞧，他才剛滿十四歲。噢，他媽媽剛死，是這個春天的事，癌症。」筆記上還有更詳細的資料，包括雷諾修了哪些課、分數，以及課外活動，不過歐比卻把筆記本闔起來，彷彿正在幫一口棺材闔上棺蓋。

「可憐的小鬼，」亞奇說，「媽媽死了。」

他的聲調中又出現了那種憐憫與關切。

歐比點點頭。再想個名字吧，還有誰？

「這一切對這個可憐的傢伙來說一定很難受。」

「沒錯，」歐比同意，開始有點不耐煩了。

「你知道他需要什麼嗎，歐比？」他的聲音好輕柔，像在做夢似的，正愛撫著。

「什麼？」

「療癒。」

❾ 美國中小學的學制是以一到十二年級計算。依各州郡而有不同，但大多數國小是從一到五年級，國中階段是六到八年級，而高中階段則是九到十二年級。

這個可怕的字眼粉碎了亞奇聲音中的溫柔。

「療癒？」

「沒錯。把他寫上去。」

「吼，亞奇。你剛剛也看見了他被整的樣子。他只不過是一個拚命想加入球隊的瘦皮猴。那個教練接下來一定會把他煎烤得前焦後酥⑩，更何況他的媽媽還屍骨未寒呢。你見鬼了幹麼把他放進名單去?!」

「不要被他的樣子騙了，歐比。那個小鬼可倔了。你沒看見他被痛宰之後爬起來的樣子？夠硬！而且很頑固。他一定會奮戰到最後一秒的，歐比。我越想越覺得我這個決定真是太英明了。而且，他說不定也正需要有些事情來轉移注意力，免得一天到晚老想著他死去的娘。」

「你真是超級大混蛋，亞奇。我以前說過，我現在還要再說一遍。」

歐比把名字寫上去。見鬼了！反正這又不是他的喪禮。「任務呢？」

「把他寫上去。」聲音中出現了寒冰，彷彿來自北極的。

「我會想出來的。」

「四點就快到了。」歐比提醒他。

「任務必須適合他。這是設計任務最美妙的部分，歐比。」

歐比等了一兩分鐘後，忍不住又問：「你是不是孵不出來了啊，亞奇？偉大的亞奇・柯斯特洛竟然也會有蹦不出點子的時候？我光是想到這種可能性都會嚇呆了。」

「你有點水準好不好，歐比。這可是個藝術工作耶。你知道的，要設計出一個適合雷諾小寶貝的任務，是要講究美感的。得幫他布置一個特別的場景才行。」他陷入沈思。「就讓他去應付巧克力好了。」

歐比寫道：雷諾——巧克力。亞奇的點子還真是源源不絕。光是巧克力，他就可以想出一打的任務來。

歐比低頭觀看球場上那些在球門柱陰影底下奮戰的球員，心頭突然襲上一股憂傷。我實在應該去打美式足球的，他想道。他曾經想要加入足球隊的——以前他在聖喬治唸書的時候，曾經是波普．華納美足賽⓫的明日之星，可如今，他卻變成「守夜會」的祕書。這還真妙啊。不過，見鬼了，他甚至不能跟他的父母說這件事。

「你知道嗎，亞奇？」

「什麼事？」

「生命充滿憂傷，我有時候覺得啦。」

---

❿ 此處歐比用「煎烤」來比喻教練對傑瑞的魔鬼訓練，是因為美式足球有「烤盤足球」(Gridiron football) 之稱，此一名稱源自美式足球場的設計很像一只烤盤。

⓫ 「波普．華納美足賽」全名為「波普．華納少年美式足球聯賽」(Pop Warner Junior League Football)，以著名的革新派美足教練波普．華納為名的比賽，參加選手是八歲到十五歲的青少年。

亞奇最叫人喜愛的地方，就是你可以跟他談這類的事情。

「生命是一坨屎。」亞奇說。

球門柱的陰影，鮮明地映照出一整面網狀的十字架。空心的十字架。對於這一天來說，這麼多象徵符號真叫人受夠了，歐比告訴自己。假如他動作快一點，應該可以趕上四點鐘的巴士去打工。

第三章

那個女郎美得不像是真的。慾望讓他的胃虛弱不堪。瀑布般的金黃色頭髮垂濺在她的肩膀上。傑瑞偷偷研究著那張照片，然後將雜誌放回原本擺放的位置，就在書架的最上層。他迅速瞄一眼四周，看有沒有人正盯著他瞧。這家商店的老闆嚴禁翻閱雜誌，他在封面貼了紙條說「**禁止試閱**」。

為什麼每次看《花花公子》這類的雜誌，他就會有一種罪惡感？明明很多男生都會買來看的。他們還會把雜誌夾在筆記本裡，拿到學校去傳閱，甚至轉手賣出去。有時候，他還會在朋友家看見這些雜誌被隨意扔在茶几上。

他曾經買過一本色情雜誌，付錢的時候，手指還微微顫抖——一塊兩毛五美金，把他的零用錢都花光了，害他忍了好久才等到下一次的零用錢。而且那一次，他買下那本雜誌之後，根本不知道該怎麼處理才好，只好一路遮遮掩掩地搭公車回家，然後偷藏在他房間抽屜的最底下，深怕被發現。最後，他終於受夠了每次都要把雜誌偷偷夾帶進浴室才能仔細觀賞，也厭煩透了這種偷偷摸摸的行為，此外，他也怕會被他媽媽發現。於是有一天，傑瑞就偷偷把那本雜誌帶出門去，丟進了外面的垃圾桶裡。他一面聽著雜誌撞上垃圾桶底部所發出的沈鬱聲，一面默默地跟那浪費掉的一塊兩毛五告別。一種渴望的情緒籠罩著他。未來會有某個女孩愛他嗎？他很害怕自己會在能摸到某個女孩的乳房之前就死掉了。

走出書店，到達公車站，傑瑞斜靠在電線桿上。你的肉體太軟弱了，教練斥罵的聲音不斷在腦海中播放。他的肉體已經被操了三天，但是很幸運的，他還在觀察名單上，沒被踢出去。他茫然地望著一群遊民在馬路上遊蕩，這是他每天都會看見的景象。如今，這種景象已經變成了大家致敬的對象，就跟南北戰爭中使用的加農砲、世界大戰的紀念碑一樣。嬉皮。戴花的嬉皮。街友。流浪漢。邊緣人。大家用不同的名字稱呼他們。他們總是在春天出現，一直待到十月才離開。他們在街上遊蕩，偶爾還會對著來往的行人咆哮，但絕大多數遊民都很安靜，無精打采、與世無爭。傑瑞著迷地望著他們，有時候他很忌妒這些遊民穿著老舊衣服，一副邋遢相——就好像，他們完全不鳥這個世界。三一高中是最後幾所還堅持學生穿制服的學校——襯衫、領帶。他看見一位戴帽子的女孩被一團煙霧圍繞。她是在抽大麻嗎？傑瑞不知道。有很多事情他都不瞭。沈溺在自己的思緒裡，傑瑞沒注意到有一位遊民正脫離人群，巧妙地閃避車輛，穿過街來。

「喂，大仔。」

傑瑞驚嚇了一下，突然發現那人是在跟他說話。「我嗎？」

那個遊民就站在路邊，隔著一輛福斯汽車對傑瑞說話。他的胸膛就靠在車頂上。「沒錯，就是你。」他約莫十九歲，長長的黑髮披在肩膀上，捲曲的鬍子，宛如一條蓬鬆的黑蛇蜷縮在他的嘴唇上方，頭尾正好垂掛在下巴上。「喂，大仔，你好像每天都在看我們。就站在這裡，盯著我們看。」

他們真的會說大仔耶，傑瑞想。他以為沒有人會這麼說，除非是在開玩笑。可是這個傢伙看起來不像是在開玩笑。

「嘿，大仔。你看什麼看？是不是把我們當作動物園裡的猴子？」

「不不，沒啦。我沒在看。」但他其實是有的，每天都在看。

「你明明就有，大仔。你就站在這裡，看著我們。拿著你的課本，穿著一身體面的襯衫、繫著你那條藍白條紋的領帶。」

傑瑞不自在地四下張望。但周圍只有陌生人，看不到半個學校裡的人。

「我們不是賤民，大仔。」

「我沒這意思。」

「但你的眼睛是這麼說的。」

「嘿，」傑瑞說，「我要去搭公車了。」這麼說實在很荒謬，根本連公車的影子都還沒看到。

「你知道什麼是賤民嗎，老兄？是你，你才是。你每天上學，然後搭公車回家。做作業。」那個傢伙的語氣很輕蔑，「人頭豬腦！你才多大，十四、五歲吧，人生就被套牢了，只能跟著別人的屁股後頭走。可悲！」

嘶嘶的引擎聲靠近，帶來轟隆隆的熱氣，公車來了。傑瑞轉身離開那個傢伙。

「去搭你的公車吧，豬腦袋！」他大喊，「不要錯過了你的公車，乖寶寶，你已經錯過這世界上很多事情了，千萬別再加上這輛車。」

傑瑞夢遊般走去搭車。他討厭跟別人起衝突，他的心臟蹦蹦跳得好快。他上車，在投幣箱投下錢幣。車子啟動，駛離路邊。傑瑞東倒西歪地跌進一個座位。

他坐好，深吸了口氣，閉上眼睛。

去搭你的公車吧，豬腦袋！

他睜開眼睛，瞇眼看著透過車窗玻璃的陽光。

你已經錯過這世界上很多事情了，千萬別再加上這輛車。

他只是在虛張聲勢，那種人！他們最會來這一套了。只會將別人一軍，其他什麼事情都不做，整天吃喝拉撒，浪費生命而已。而且……

而且什麼？

他不知道……他想到他的生命——去學校上課，放學回家。儘管他的領帶並沒有繫得很緊，而是鬆鬆地垂在襯衫上，但他還是將它扯掉。他抬頭看著車窗上方的車廂廣告，試圖轉移思緒，不再想著剛剛發生的衝突。

為什麼？有人在沒貼廣告的空白處，用筆潦草地寫著。

為什麼不？另一人在旁邊寫下回答。

傑瑞閉上眼睛，突然一陣虛脫，就連思想都覺得好費力。

第四章

「多少盒？」

「兩萬盒。」

亞奇驚訝得猛吹出一聲口哨。通常他並不會這麼沈不住氣，特別是在面對雷恩修士這種人的時候。可是一想到有兩萬盒巧克力即將從這裡賣出去，他還是覺得太誇張了。接著，他瞧見了雷恩修士嘴唇上方的濡濕鬍鬚、水亮眼睛，以及汗溼的前額。這裡頭肯定有鬼。這完全不像那個冷靜又陰狠的雷恩修士，他一向把學生捏在手掌心裡，控制得死死的。但眼前的這個人，比較像是要逃離地雷區的樣子。瞬間，亞奇的身子變得僵硬，深怕跳動太快的心臟，會洩漏了他的頓悟。這證明了他長久以來的觀察，不光是雷恩修士，還有絕大多數的成年人：他們都很脆弱、沒啥膽子、不堪一擊。

「我知道這個數量不少，」雷恩修士承認，盡力讓自己的聲音顯得輕快，就這一點來說，亞奇還滿佩服他的。雷恩這傢伙很精，不會這麼容易就被逮住小辮子。此刻他雖然滿頭大汗，聲音還是維持一貫冷靜，「但是學校長久以來的傳統會支持我們的。賣巧克力可是學校一年一度的盛事呢。學生們也很期待。往年都能賣出一萬盒，所以，今年要賣出兩萬盒應該也不困難，是吧？而且，這次可是特別的巧克力喔，亞奇。利潤很高。我會給你們特別的獎勵。」

「有什麼特別呢？」亞奇問，打蛇隨棍上，一點也不像是學生和老師之間的對話。他今天可是特別被邀請來到雷恩的辦公室。那就讓雷恩跟真實的亞奇打交道吧，此刻的他，可不是在上雷恩修士的代數課。

「其實，這些是母親節賣剩的巧克力，所以我們，呃，我是說，我就跟廠商談了一筆交易。他們提供包裝精美的盒子，是禮盒喔，而且巧克力的保存狀況良好。自從母親節過後，他們就把巧克力保存得好好的，我們唯一需要做的，是把原本印著『母親』的紫色緞帶拿掉，就可以賣了。我們可以用每盒兩塊美金的價錢賣出去，那麼就可以淨賺一塊錢。」

「可是，兩萬盒……」亞奇迅速地計算，雖然他的算術不算頂強。「我們學校大約有四百個學生，這表示每個人都必須賣出五十盒。通常，每個人大約可以賣出二十五盒，而且是在每盒賣一塊錢的情況下。」他嘆了口氣。「可是如今呢，一切都要加倍。這對學生來說，壓力很大呢，雷恩修士。對所有學生來說都是喔。」

「這我知道，亞奇。可是三一高中的情況很特殊，不是嗎？你想，我如果不是認為三一高中的學生做得到，我怎麼敢冒這個險呢？你說是吧？」

狗屎！亞奇想道。

「我知道你在想什麼，亞奇——為什麼我會找你來擔負起這項重責大任？」

事實上，此刻亞奇想的是，為什麼雷恩修士會把計畫攤在他的面前。他跟雷恩或三一高中其他的教師，從來就沒什麼交情。而雷恩又是其中特別難纏的一位。表面上，雷恩跟那些蒼白、擅長逢迎拍馬的人一樣，做人處世都很小心謹慎。他外表像似怕老婆俱樂部的會員、耳根子很軟的好好先生。名義上，他是學校的副校長，實際上是校長的走狗。有點像是打雜小弟。但這一切都只是煙幕彈。在教室裡的雷恩根本就是另一副嘴臉。他假笑，他尖酸刻薄，細尖的嗓音經常吐出惡毒的言語，就像一條眼鏡蛇，你必須留神提防。只不過，他不是用毒牙攻擊人，而是用教鞭；他總是甩著教鞭，這邊抽，那邊抽，沒有一處逃得過。他像老鷹般盯著班上學生，懷疑的目光隨時監控，不放過任何一個可能會作弊或發呆的學生，他到處刺探每個人的弱點，然後借題發揮。但他從來沒針對過亞奇。目前為止還沒有。

「我們打開天窗說亮話吧。」雷恩說，身子從座位前傾，「所有的私立學校，不管是天主教或其他的，近來財務都很困難。有一些學校已經關門大吉了，所有的費用都不停地漲漲漲，而我們能夠運用的財源卻只有這麼多。你是知道的，亞奇，我們並不是那種收費昂貴的寄宿學校，也沒有任何富豪校友會捐款，我們只是普通的私立高中，以招收中產階級的子弟為主，教育他們進入大專。這裡沒有權貴子弟。就以你來說吧，你父親是一位保險經紀人，收入不錯，但算不上富有，對吧？再說到湯米．傑司雅汀吧，他的爸爸是一位牙醫——生意做得不錯，他們擁有兩輛車，還有一間度假別墅——但這已經是三一高中學生當中家裡最有錢的了。」他舉起手，「我可不是在抱怨學生家長很『遜腳』喔，」亞奇臉部的肌肉抽搐。每次這些大人學起年輕人的流行語，譬如說「遜腳」這種詞，都會惹得他很毛。「我的意思是說，亞奇，我們學生的家境都只是小康，沒法承擔學費調整。所以我們必須設法另闢財源。美式足球隊的經費只能勉強自給自足而已——我們已經三年沒贏球了。拳擊隊賺來的利潤也逐年下降，因為電視現在已經不轉播拳擊賽了……」

亞奇忍住呵欠——來點新鮮的行不行？

「我把牌都攤在桌子上，亞奇，都攤給你看了，這樣你就懂了，我們多麼迫切需要每一分可能的收入，就算是賣巧克力這個活動，對我們都非常重要……」

沈默。周遭靜悄悄的，聽不見校園傳來的聲音。太安靜了，讓亞奇懷疑這間辦公室是不是有隔音設備。當然啦，這時候學校已經放學了，但仍然有一些課外活動才剛開始。特別是「守夜會」的活動。

「還有一件事。」雷恩繼續說，「校長生病了，雖然校方一直沒對外宣布，不過，好像滿嚴重的，他安排好明天要住院了。去做檢查等等。他現在的情況看起來不是很好……」

亞奇等著雷恩開始講重點。他該不會是打算用賣巧克力的業績，當作某種噁心巴啦激勵人心的禮物，獻給生病的校長吧？就像那些快臭酸的午夜場老電影裡說的——「幫助吉普打贏這場球吧！」⓬之類的。

「他可能好幾個星期都不能來學校。」

「真糟糕。」那又如何?!

「這表示——學校會由我來主持。學校會由我來掌管。」

再度沈默。但這一次，亞奇可以感覺到靜默中隱含著一股期待。他有種預感，雷恩快要講到重點了。

「我需要你的幫忙，亞奇。」

「我的幫忙？」亞奇問，裝出驚訝的樣子，竭力不讓聲音洩露出任何嘲笑的意味。現在他懂了自己為什麼會被請來這裡。雷恩要的不是亞奇，而是「守夜會」的幫忙。雷恩甚至不敢提到這個名字。「守夜會」這個名字是個禁忌，連提都不准提。表面上，「守夜會」是不存在的。一間學校怎麼可能容許像「守夜會」這樣的組織存在？學校只是假裝它不存在，睜隻眼閉隻眼，讓它自行去運作。但它確實是存在的，亞奇尖刻地想，好吧，它之所以存在是因為它扮演了某種功能。「守夜會」把一切事情搞定。如果沒有「守夜會」，三一高中老早就四分五裂了，就像其他高中那樣，學生發動示威抗議那類的狗屎。亞奇很驚訝雷恩竟然這麼厚顏無恥，明知道他和「守夜會」的關係，竟然還用這種方式叫他來這裡。

「那我要怎麼幫忙呢？」亞奇問，把談話導回正題，並刻意強調「我」這個單數詞，而不是

⓬ 吉普(Gipper)是美國前總統雷根早年當演員時所飾演的一位美式足球英雄，後來成為他的綽號，「幫助吉普打贏這場球吧！」是他在電影中的台詞，也是他競選總統時的標語，這句話在美國風靡一時，成為許多民眾的口頭禪。

複數的「我們」。

「支持這個活動。亞奇，正如你說的，兩萬盒巧克力，這數字可不小。」

「而且售價還變成兩倍。」亞奇提醒雷恩。他開始樂在其中了。「一盒兩塊錢美金，以往是一盒一塊錢。」

「不過我們真的很需要這筆錢。」

「那獎勵呢？學校不是都會給學生獎勵嗎？」

「照慣例啊，亞奇。每賣出一盒巧克力，就可以放假一天。」

「沒有招待去旅行嗎？去年我們還去波士頓看秀咧。」亞奇根本不在乎去不去旅行，他只是在享受這種地位逆轉的快感——他問問題，而雷恩侷促不安地回答。這跟教室裡的情況可真是大不相同啊！

「我會想出一個替代方案的。」雷恩回答。

亞奇保持沈默。

「我可以倚靠你吧。亞奇？」雷恩的額頭上又開始潮溼了。

亞奇決定轉守為攻。他想試試這攤爛泥他可以踩多深多遠。「可是我能怎麼做呢？我只不過是一個人啊！」

「你有影響力啊！亞奇。」

「影響力？」亞奇的聲音洪亮又清晰。哇，真是太屌了，他正在發號施令呢。就讓雷恩流汗流個夠吧，亞奇可涼快得很吶。「我又不是班級幹部，也不是學生會的代表。」爽斃了，真希望那些傢伙也在現場看見他這麼神勇的樣子。「我甚至學業成績也不特別出色……」

突然間，雷恩不再流汗了。雖然汗珠依舊掛在他的額頭上，但他再度變回尖銳冷酷的雷恩。亞奇可以感覺到他散發出來的那份冷峻——比冷更甚，一股寒冰般的恨意穿越桌子而來，就像一道致命的輻射線，從某個荒蕪、即將毀滅的星球射出來。我是不是踩過了頭？亞奇思忖，我現在還在上這傢伙的代數課，那是我最弱的一門課。

「你知道我的意思。」雷恩說，他的聲音就像一扇啪答關上的門。

他們的眼神相遇，凝結。現在就梭哈嗎？此刻？這麼做聰明嗎？亞奇一向只做聰明的事。他不做最渴望的事，也不做當下衝動的，他總是做晚一點才會收割的事。這就是為什麼他能夠成為那個指派任務的人，這就是為什麼「守夜會」如此依賴他。該死，「守夜會」就代表學校，而他，亞奇．柯斯特洛，就等於「守夜會」。這就是為什麼雷恩要叫他來這裡，這就是為什麼雷恩必須很務實地請求他幫忙。突然間，亞奇非常渴望來一塊好時巧克力。

「我知道你的意思。」亞奇說，決定以後再攤牌。他可以把雷恩當作銀行的存款，以後再領出來用。

「這麼說，你會幫忙了？」

「我會告訴他們。」亞奇說，讓「他們」兩字的餘音在空氣中迴盪。

繼續迴盪。

雷恩沒有接話。

亞奇也沒有。

他們互看對方，良久。

「『守夜會』會幫忙的。」亞奇說，再也無法控制他自己。以前他都不能對老師們大聲說出「守夜會」這個名字，長久以來他必須否認這個組織的存在，此刻，能夠說出這幾個字，感覺真是太美妙了，尤其是看見雷恩蒼白汗溼的臉上露出驚訝的表情。

然後，他把椅子向後一推，不等老師打發，就離開了。

第五章

「你叫羅南．古博？」

「是。」

「大家叫你『羅花生』？」

「是。」

「是──什麼？」

連亞奇也很受不了自己居然這麼說。是──什麼？這根本就是那種老掉牙的電影台詞，演二次大戰的那種。可是那個叫羅花生的小鬼卻結巴了，然後他說：「是，先生。」完全抄襲那種菜鳥士兵的口吻。

「你知道自己為什麼會在這裡嗎？羅花生。」

羅花生遲疑了一下。雖然他個子很高（他身高應該有一百八十五公分），外表卻讓亞奇聯想到小孩子，跟這裡格格不入，很像是一個偷溜入成人電影院被逮到的小鬼。當然，他太瘦了，而且看起來就是個沒出息的軟腳蝦。正適合給「守夜會」玩。

「是，先生。」羅花生最後說。

亞奇經常很疑惑，在他自己內心裡，究竟是哪個部分的自我如此享受這些表演的？——玩弄這些小鬼、把他們耍得團團轉，最後，再把他們羞辱一番。他之所以能成為「任務分派者」，是因為他的腦筋轉得飛快，很聰敏，而且想像力豐富。打個比方好了，如果生命是一盤棋局，他總能搶先別人兩步，知道該怎麼下。不只這樣，亞奇還擁有一些特質是別人難以描述的。亞奇總是可以看出事物的本質，就算你隱藏得再巧妙，亞奇仍然可以清楚辨認出來。有一天深夜，大家一同觀看一齣很舊的「馬克斯兄弟」[13]影片時，亞奇立刻被其中一幕吸引住了；在片中，馬克斯兄弟正在尋找一幅失蹤的畫作，老三咕嚕哥說：「我們來把這屋子的每一個房間都仔細找一找。」老大奇哥說：「萬一畫不在屋子裡呢？」咕嚕哥回答說：「那我們就去找隔壁鄰居的屋子。」「萬一隔壁鄰居沒有房子呢？」「那我們就自己蓋一間啊！」咕嚕哥說。於是他們馬上就開始討論要蓋怎樣的屋子。這就是亞奇常在做的——蓋一間別人沒預料到也不知道用來幹麼的屋子，甚至是一間別人看不到的屋子，除了他自己以外。

「既然你知道，那就告訴我吧，羅花生，你為什麼會在這裡？」此刻亞奇正用一種非常溫和的聲調說著話。他一向都用很溫和的方式對待這些人，好像他們之間存在著一種契約關係。

觀眾中揚起竊笑聲。亞奇的神情變得冷硬，他銳利地看一眼卡特，像是在恫嚇說，叫他們閉嘴。卡特彈了彈手指，聲音在安靜的倉庫中響起，有如法官敲著小木槌。「守夜會」的成員一如往常，圍成圓圈，坐在亞奇和接到任務通知的人四周。這間倉庫位在體育館的後方，沒有窗戶，只有一道門通往體育館：這對守夜會來說，是個極佳的聚會場所——隱密、出入單純、容易把風，而且光線陰暗。室內只有一盞電燈泡，從天花板垂掛下來；這盞燈泡僅四十瓦燭光，在會議進行當中散發出微弱的光芒。卡特一彈指之後，四周立刻陷入死寂。沒有人敢違逆卡特。卡特是「守夜會」的會長，慣例上「守夜會」的會長必須是美式足球隊的隊員，他擁有的肌肉是亞奇需要的。不過，大家都知道，「守夜會」真正的首腦是「任務分派者」，亞奇・柯斯特洛，那個總是搶先大家一步的人。

羅花生看起來嚇壞了。他是那種隨時都要討好別人的傢伙。他沒膽去把妹，只敢在心裡偷偷地崇拜著某個女生，而到最後，那個女生總會坐上某個雄壯威武的英雄的車，在夕陽中揚長而去。

「告訴我，」亞奇問：「你為什麼在這裡？」他故意讓聲音顯露出一絲耐心。

「因為……任務。」

「你了解嗎，這個任務不是衝著你個人來的？」

羅花生點點頭。

「你了解這是三一高中的傳統？」

⓭ 馬克斯兄弟（The Marx Brothers）是由四兄弟組成的喜劇演員團體，他們是一九三〇年代美國喜劇電影的先驅。

「是的。」

「而且你必須保密？」

「知道。」羅花生，吞著口水。他的喉結在細長的脖子上跳動。

死寂。

亞奇任由這種氣氛繼續。他可以感覺到倉庫中眾人的情緒逐漸高漲。每次都是這樣，當任務即將被分派出去之前。他知道大家正在想什麼——這次亞奇會變出什麼花樣來？有時候，亞奇怨恨這一切。「守夜會」其他成員什麼事也不用做，只需要觀看。他們之所以在場，只是要來強化遊戲規則的。卡特是來秀肌肉的，歐比是打雜小弟。只有亞奇一個人必須承受所有的壓力，分配任務，把一切搞定。

他覺得自己好像是某種機器，按一下，就會跳出一個任務。別人了解他的苦惱嗎？知道他徹夜輾轉難眠嗎？別人能體會他那種被掏空的感覺嗎？但他也無法否認，這一刻總是令他感到狂喜：當所有人陷入一種緊張的懸疑氣氛中，身體前傾，期待亞奇說出謎底；那個叫羅花生的小鬼則面色慘白、嚇得要死；整間倉庫內安靜得你彷彿可以聽見自己的心跳時，而所有的目光都集中在一個人身上。亞奇。

「羅花生。」

「在，是的，先生。」口水吞嚥聲。

「你認得螺絲起子嗎？」

「認得。」

「你會用吧？」

「是，會用，先生。我爸爸。他有一個工具箱。」

「很好。羅花生，你知道大家都用螺絲起子來幹麼？」

「知道。」

「幹麼？」

「用來拴緊東西……我的意思是說，把螺絲釘拴入某個東西裡。」

有人大笑。亞奇不理會他。氣氛稍微放鬆了些。

「當然啦，羅花生，螺絲起子也可以把釘子旋開，對不對？」

「對。」羅花生說，點頭如搗蒜，此刻他所有的思緒都集中在螺絲起子上，像被催眠似的，而亞奇彷彿正繼續施展神奇的能量和光波，藉著一口又一口地餵食羅花生資訊，帶領他走向命運的終點，那是這項差勁任務當中最好的部分。也不完全差勁啦，事實上是棒透了！應該說，美妙極了。值得流血流汗全力以赴。

「再來。你知道尤金修士的教室在哪裡吧？」

這一刻，空氣中期待的氣氛明顯可見，白熱化，有如電流般滋滋作響。

「知道，十九號教室，在二樓。」

「完全正確！」亞奇說，好像幫羅花生打了分數A。「下週四下午，你得想辦法偷溜出來。下午，晚上，必要時，整個晚上。」

羅花生呆立著，彷彿被施了魔咒。

「那天學校裡沒人。大部分的修士，我們知道的，都不在，他們要去緬因州的鄉間參加一個研討會。看門的工友那天也會放假。三點以後，整棟大樓就沒有人了。沒有人，除了你以外。羅花生，只有你和你的螺絲起子。」

好，到最後的部分了，高潮，差不多是了——

「然後，羅花生，你要做的是，」停頓。「旋開。」

「旋開？」喉結跳動。

「旋開。」

亞奇停頓了一會，精確地掌控命令下達的分寸，讓靜默懸著，幾乎逼得人發狂，然後才接著說，「尤金修士教室裡，凡是有螺絲釘的東西。椅子、桌子、黑板。注意了，你拿起你那把小小的螺絲起子——或許你應該準備各種不同型號的，以備不時之需——然後你開始把每個釘子都旋開。要小心，別讓螺絲釘掉落，只要把它們旋啊旋，一直旋到了它們幾乎要掉落，幾乎，但仍然懸在那裡，只差那麼一點點……」

群眾爆出一陣歡呼——或許是歐比先開始，他已經看見那幕景象了，他已經看見亞奇蓋的那間屋子了，它原本並不存在，直到亞奇將它建構在大家的腦海中。接著，其他人也跟著大笑，他們也看見了任務的結果。亞奇放任自己去擁抱笑聲中的崇拜，明白自己又得分了。他們總是在等待他失敗，等待他跌得鼻青臉腫，但他又一次成功達陣。

「天哪，」羅花生說，「那可要花不少力氣。那間教室裡有很多桌椅。」

「你有一整晚的時間。我們會幫你站崗，確保你不會被打擾。」

「天哪。」喉結如今跳得像在抽搐。

「星期四。」亞奇說，聲音中帶著命令，終於不再用玩笑的語氣，也不容反駁。

羅花生點點頭，接受這項任務，就像面臨末日審判般認命。一直以來，其他人也是如此，大家都知道，你除了認命之外，別無他路可走，既沒法緩刑，也不能上訴。守夜會的結論就是定讞，三一高中的每個人都知道。

有人竊竊私語：「哇！」

卡特再度彈起指頭，倉庫中又迅速瀰漫起另一股緊張的氣氛。不過這一回是不一樣的緊張。矛頭向內。是對著亞奇的。他雙手抱胸。

卡特坐在一張從前應該是教師用的課桌後面，就像是個主持會議的官員。他拿出一個小小的黑色盒子，搖了搖。盒子內傳來骰子互相碰撞的聲音。歐比走向前，手裡拿著一把鑰匙。他臉上是不是正露出一抹微笑？亞奇不確定。他思忖，難道歐比真的對我懷著恨意？是不是大家都對我懷恨在心？倒不說是亞奇會介意這個，只要他還擁有權力，他就不介意。他可以征服一切，包括這只小小的黑盒子。

卡特從歐比的手中拿過鑰匙，舉起來。

「準備好了嗎？」他問亞奇。

「好了。」亞奇說，臉上毫無表情，神祕莫測一如往常，儘管他感覺到一粒汗珠從他的腋下滑向肋骨，留下一道冰冷的水痕。

這只黑盒子是他的死敵。那裡面有六顆骰子，五顆白的，一顆黑的。這是很久以前，亞奇的前前前任想出來的絕妙點子——或者該說是一個蠢透了的點子——好讓所有的「任務分派者」了解到，如果不加以節制，任務也可能走火入魔。而這只黑盒子就是用來自我節制的。在分派好任務之後，亞奇就會拿到這只黑盒子。如果亞奇抓出一顆白色的骰子，任務就會如他所指示地去進行，但如果亞奇抓出了那顆黑色的骰子，那麼，亞奇就必須自己去完成任務，那個他幫別人設計的任務。

三年來，他已經打敗這只黑盒子無數次了——如今他還能再次打敗它嗎？或者，他的好運即將用光？風水輪流轉這句話是不是就要應驗到他身上了？當他伸手朝向黑盒子的時候，一陣雞皮疙瘩穿越他的手臂。他希望沒有人注意到。他將手伸進盒子裡，抓起一顆骰子，緊緊捏在手心裡。他縮回，將手心筆直往前伸，此刻他已經鎮定下來，沒有絲毫顫抖或激動。他打開手掌心。白骰子。

瞬間亞奇繃緊的身體放鬆下來，他的嘴角，隨之扭曲了一下。他再度打敗他們了。他又贏了。我是亞奇。我不能輸。

卡特彈了彈指頭，宣告會議即將結束。突然，亞奇覺得一陣空虛，被消耗殆盡，被拋棄。他看見那個綽號羅花生的小鬼仍然呆愣在原地，神情好像快哭出來了。亞奇幾乎要替他感到難過了。幾乎。不過也就只是幾乎而已。

第六章

雷恩修士準備好了要上場演出。傑瑞可以看出一切徵兆——教室裡的每個人也都看得出來。他們大多數是高中新鮮人，才剛在雷恩的課堂上了一個多月而已，可是大家對老師的上課風格都已經很熟悉了。

首先，雷恩會給他們一份閱讀作業。然後他就會開始在教室裡走來走去，來回踱步，一副焦躁不安的樣子。他會邊走邊嘆氣，手中緊握著教鞭，巡過每一排座位。他使用的教鞭有點像樂隊的指揮棒，又類似步兵的刺刀。他不時用教鞭的頂尖推開學生桌上的書本、拍打學生的領帶，或者順著學生的脊背輕刮下來；他耍弄教鞭的樣子，很像一個收破爛的人，正沿著教室每一排座位，把所有垃圾撥過來翻過去。曾有一次，雷恩修士的教鞭停在傑瑞的頭頂，停了好一會，然後跳過去。不知道為何，傑瑞當場打了個寒顫，彷彿自己剛剛逃過一場可怕的劫難。

此刻，傑瑞已經完全知道雷恩會不停地在教室裡搜尋目標，於是他努力保持目不斜視盯住課本，雖然他根本無心閱讀。再上兩堂課，他就可以去練美式足球了。經過了好幾天的柔軟體操鍛鍊，教練說，或許他們可以開始持球練習了。

「我受夠了這種垃圾！」

說這話的是雷恩修士——這是他一貫恫嚇大家的方式。他總是把垃圾、鬼扯這類的字眼掛在嘴邊，還會不時脫口說出混蛋、該死。事實上，大家也確實被他嚇到了。這也許還因為大家不敢相信，那些髒話居然是從一個這麼蒼白、看似沒有任何殺傷力的弱小男人口中說出來的。當然了，時間一久，你就會發現，雷恩並不像他表面看來的那麼人畜無害。此刻，當那句話在教室中迴盪時，每個學生都抬頭仰望雷恩。等過了十分鐘以後——這十分鐘的靜默，是為了讓雷恩搭好舞台，準備使出他的拿手絕活。全班學生仰望著他，像是陷入了某種驚悚的魔咒中。

修士的眼光緩緩掃過教室內的每一吋，就像燈塔的探照燈，偵測著周遭的每一處海岸，尋找所有可能藏匿的縫隙。傑瑞感覺到一股驚懼的暗流起伏，其間又夾雜著一股期待的情緒。

「貝利，」雷恩說。

「是，雷恩修士。」雷恩最喜歡點名叫貝利起來了，他是最好欺負的學生之一，課業成績優異，但是個性很羞怯、很閉塞，他隨時都在讀書，眼鏡底下的眼眶總是紅紅的。

「站到這裡來。」雷恩說，用手指著身邊。

貝利沈默地走到教室前面。傑瑞看見男孩太陽穴上的青筋猛烈跳動。

「各位紳士，你們都知道，」雷恩開始演說，直接對著全班同學，完全忽視貝利的存在，儘管貝利就站在他的身後。「你們都知道的，我們學校有一項傳統必須維護。在學生和老師之間必須維持嚴明的分際。當然了，我們做老師的，也很喜歡和學生打成一片。但學生和老師之間的還是必須保持界限。這或許是一條隱形的線，但它依然存在那裡。」他濡溼的雙眼閃亮，「就像說，你們雖然看不見風，但風依舊在那裡吹著。你們只能看見風吹所造成的景象，像是樹幹彎了，枯葉被捲起來……」

他一面說著一面比畫，他的手臂比出風吹的姿勢，握在手中的教鞭則順著風向揮動。突然間，無預警地，教鞭抽打在貝利的臉上。男孩又驚愕又痛苦地往後跳開。

「對不起，貝利。」雷恩說，但是他的聲音中卻聽不出任何抱歉。這一切只是單純的意外嗎？或者是雷恩小小的酷刑。

瞬間，所有目光都看向受傷的貝利。雷恩修士也審視了貝利好一會，彷彿將他當成顯微鏡底下的標本般研究他，彷彿他是某種致命細菌的標本。你不得不佩服雷恩——他真是位出色的演員。他一向喜歡大聲朗誦短篇故事，扮演每個角色，他還會製造各種音效，讓故事的演說更加生動。沒有人會在雷恩的課堂上打呵欠或睡著。你必須時時刻刻保持警戒，就像這一刻，大家就都全神貫注，注視著貝利，猜測雷恩下一秒鐘要做什麼。

在雷恩的凝視下，貝利不再揉臉頰，雖然他的臉上浮現了一道粉紅色的鞭痕。完全沒道理，但情勢就是逆轉了。現在看起來，犯錯的一方好像是貝利，好像是他做錯了什麼事，好像是他自己在錯誤的時間點站錯了位置，才導致他自己的不幸。傑瑞不安地在座位上蠕動，全身起了雞皮疙瘩。雷恩讓他見識到，不用說半個字就可以徹底改變教室裡的氣氛。

「貝利，」雷恩說，但他並沒有看著貝利，而是轉頭注視全班學生，好像他正和大家分享著一個貝利不知道的笑話。好像雷恩正和其他學生共同密謀著某項計畫。

「是，雷恩修士？」貝利問，他的眼瞳被鏡片放大。

靜默。

「貝利，」雷恩修士說，「你為什麼要作弊？」

據說氫彈爆炸的時候是沒有聲響的：它只會發出讓人眼睛瞎掉的白色閃光，瞬間殺人無數。聲響是在閃光之後才會有的，在靜默之後。而此刻，就是這種靜默，它的熊熊烈焰正照耀著整間教室。

貝利呆住了，嘴巴張大，卻說不出話來。

「你的沈默是表示你認錯了嗎，貝利？」雷恩修士問，他終於轉身看著男孩。

貝利死命搖頭。傑瑞忍不住覺得自己的頭也在搖，也正無聲息地幫著貝利否認。

「啊哈，貝利。」雷恩嘆了口氣，他的聲調顯露出無限哀傷。「我們該拿你怎麼辦呢？」他再度轉頭看著全班學生，好似他跟其他學生同一陣線——他正和大家一起對抗卑劣無恥的作弊。

「我沒有作弊。」貝利說，他的聲音發抖。

「可是，證據這麼充分，貝利。你的成績全部都是A，沒有一科不是。每一次測驗、每一份報告、每一回的家庭作業。只有天才才有可能表現得這麼優異。難道你自認為是天才嗎，貝利？」

他玩弄著貝利。「是啦，我不得不承認，你看起來是有那麼一點兒像——你的眼鏡，尖尖的下巴，還有凌亂的頭髮……」

雷恩傾身面向全班，猛然抬起下巴，等候著附和的笑聲，他全身上下的姿態都在暗示學生們必須發出笑聲回應。而他果然沒失望，大家都笑了。嘿，現在到底是在幹麼，傑瑞疑惑著，儘管他也跟著群眾一起大笑。大家笑，是因為貝利看起來真的很像個天才嗎？或者是在諷刺他看起來就像那些老電影裡演的那種瘋狂科學家呢？

「貝利，」雷恩修士說，等笑聲逐漸平息，他再度把全副注意力轉向男孩。

「是。」貝利可憐兮兮地回答。

「你不用回答我的問題。」他刻意走到窗邊，讓自己的身子迅速融入窗外的街景中。九月的樹葉，已經轉為褐紅、變得脆薄。

貝利孤零零地站在課堂前方，宛如正承受著火刑。傑瑞感覺自己的臉頰似乎也在火焰的溫度下烤紅了。

「怎麼樣，貝利？」雷恩的聲音從窗邊傳來，似乎他的人並不在教室裡。

「我沒有作弊，雷恩修士。」貝利說，他的聲音中露出奮不顧身的勇氣，彷彿這是他必須緊緊攀住的最後一根浮木。

「那你要怎麼解釋你拿到的這些A？」

「我不知道。」

雷恩修士急促地在教室內繞行，「你都不會犯錯嗎，貝利？你既然能夠拿下全A的成績，表示你完美無瑕，不會犯錯。你是不是這個意思，貝利？」

貝利頭一次主動看向全班同學，無聲地懇求，好像某個受傷、迷路、被遺棄的小動物。

「只有神才能完美無瑕，貝利。」

傑瑞的頸子好痛，胸腔也好灼熱。他突然領悟到，剛剛自己連大氣都不敢喘。此刻他大口吸著空氣，但小心翼翼地，避免牽動任何一根肌肉。他真希望自己能夠變成隱形人。他希望此刻自己不在這間教室裡。他寧願此刻就在球場上，從起攻線奮力跑陣，尋找著可以把球傳過去的隊員。

「你是不是把你自己跟神並列，貝利？」

閉嘴！你給我閉嘴！修士。傑瑞無聲地大叫。

「如果神是完美的，而你也是完美的，貝利，這是不是告訴了你什麼？」

貝利沒有回答，眼睛因為不敢置信而睜大。教室裡則一片寂靜。靜得傑瑞幾乎可以聽見電子鐘發出的聲音──在此之前，他從不知道電子鐘也會發出低鳴。

「還有另外一種可能，貝利，就是說，你並非完美。而當然啦，你並不完美。」雷恩的聲音更加溫柔了，「我知道你也不敢褻瀆神明的。」

「沒錯，雷恩修士。」貝利說，像是鬆了一口氣。

「所以，我們只剩下一種結論，」雷恩說，他的聲音清亮，變得激昂起來，彷彿他有了重大發現。「你作弊！」

就在這一刻，傑瑞恨透了雷恩修士。他幾乎可以嚐到胃部嘔出的恨意——那是一種酸酸的、腐朽的、灼熱的味道。

「你是騙子，貝利，你說謊！」這幾個字就像鞭子笞打過去。

你才卑鄙無恥！傑瑞想。你是大混蛋！

從教室後方傳來一個聲音。

「喔，放過那個小鬼吧！」

雷恩拿起鞭子四面揮甩，「誰？是誰在說話？」他濡溼的眼睛閃閃發光。

鐘聲響起，下課了。男孩們紛紛站起身，把椅子推向課桌，在一片凌亂的嘈雜聲中，大家都準備離開，遠離這個可怕的地方。

「等一下，」雷恩修士說。聲音雖然溫和，但每個人都聽得清清楚楚的：「大家都不准動！」

學生們再度坐回去。

雷恩修士憐憫地看著他們，搖搖頭，嘴唇綻開一絲黯淡、陰沈的微笑。

「你們這些可悲的傻瓜！」他說，「你們這些白癡！你們知道剛剛誰最棒嗎？誰最勇敢？」他把手擱在貝利的肩膀上，「葛瑞格·貝利。就是他！他勇敢地否認自己作弊。他勇敢地面對我的控訴！他挺直腰桿，站穩腳步。可是你們，紳士們，你們這些人，卻只會坐在那裡幸災樂禍，而另外那些看不下去的人，卻只敢袖手旁觀，任憑我為所欲為。剛才你們的表現，把這間教室變成了納粹德國。是啊，是啊。也許最後終於有人說話了。『哇，放過那個小鬼吧！』」他惟妙惟肖地模仿剛才那個低沈的聲音，「但這也只是個軟趴趴的抗議而已，力道太小，來得太慢。」

教室外的走道上響起雜沓的腳步聲，另一批學生等著要進入教室。雷恩故意忽視那些嘈雜聲。他轉身面對貝利，用教鞭點觸著貝利的頭頂，彷彿他正在為一位騎士授勳。「你做得很好，貝利。我以你為榮。你終於通過了最大的考驗——你忠於你自己。」貝利的下巴掉了下來。「你當然沒有作弊騙人了，貝利。」雷恩的聲音祥和，有如慈父。他朝所有學生比了個姿勢——他比劃起這些姿態的技巧，真是出神入化。「而你的那些同學，他們才是騙子！今天，他們欺騙了你。他們才是那些懷疑你的人——我從來沒有。」

雷恩走向他的課桌。「下課！」他說，他的聲音顯露出對所有人的鄙視。

第七章

「你在做什麼，愛彌兒？」亞奇問，聲音中滿是笑意。他笑，是因為眼前愛彌兒・詹達在做的事情很明顯──他正從一輛汽車抽取出汽油，並看著汽油注入一只玻璃罐裡。

愛彌兒咯咯笑。他自己也很得意被亞奇看見了他正在做的事情。

「我正在收集這星期要用的汽油。」愛彌兒說。

而被他抽取汽油的這輛汽車，此刻正停在學校停車場裡最偏遠的角落，它的主人名叫卡爾森，是一位高年級學生。

「愛彌兒，萬一卡爾森走過來，發現你正在偷他的汽油，你怎麼辦？」亞奇問，雖然他其實明白愛彌兒的答案會是什麼。

愛彌兒沒回答。他笑著看亞奇，一副你知我知的樣子。卡爾森根本不會怎麼樣，他很瘦，個性溫吞，討厭捲入任何的紛爭裡頭。話說回來，也沒有幾個人膽敢跟愛彌兒・詹達對抗，不管是瘦皮猴還是肥豬，個性溫和的還是火爆的，都一樣。愛彌兒個性殘暴，好玩的是，從外表看不出來。他長得不特別高大，也不怎麼粗壯。事實上，對於一位美式足球隊的絆鋒來說，愛彌兒略嫌矮小了些。不過他兇猛得像頭野獸，而且完全不按牌理出牌。他的眼睛很小，幾乎被蒼白的肌肉遮住，不過他一點也不在意外表。他的眼睛罕少露出笑意，即使當他發出咯咯笑聲，或者因咧嘴而牽動臉部肌肉時，他的眼神依然冷酷，特別是當他親近人群的時候——「親近人群」是愛彌兒．詹達自己的說法，意思包括在課堂上吹口哨，讓老師神經緊繃（一聲幾不可聞的口哨就可以搞得教師們灰頭土臉）。這就是愛彌兒．詹達之所以能顛覆常規的原因。聰明的學生通常都喜歡坐在教室後面，但愛彌兒不是，他喜歡挑最前面的座位坐，這樣他才方便騷擾教師。他會吹口哨、學豬叫、故意打嗝、用腳打拍子、不停地動來動去，以及打噴嚏。說真格的，如果你坐在教室後面搞這些小動作，老師還真注意不到。

不過，愛彌兒不只喜歡騷擾老師而已。他還知道，這世界到處都是不會反抗的受害者，特別是跟他同年紀的小鬼。他很早就發現了這點——正確說，是在他小學四年級的時候。沒有人喜歡麻煩，也沒有人愛惹麻煩，更沒有人願意跟麻煩攤牌。對他來說，這項認知有如天啟，替他打開了往後人生無數的門。你可以任意拿走任何一個小孩的便當盒，或者午餐費，而沒有人會找你算帳，因為大部分小孩都寧願放棄一切，以換取和平。當然，你必須小心地選擇你的受害者，因為凡事總會有例外的時候。但那些奮起抵抗的人最後總會發現，還是乖乖的別礙著愛彌兒的路比較好。畢竟，誰會喜歡受到傷害呢？

接著，愛彌兒又偶然間發現了另一個真理，雖然這個比較難用言語解釋。他發現，人們都害怕面對尷尬的場面與羞辱，也害怕單獨被挑出來面對群眾。好比說，搭公車的時候，你可以隨意叫住一個男孩子，尤其是那些容易臉紅的人，然後對他說：「天啊，你有口臭，你不知道嗎？你是不是從來都不刷牙啊！」就算這個男孩子擁有全世界最清香的口氣也一樣。或者，你可以對他說，「小鬼，你剛剛是不是放屁了？好臭！」你只要輕聲溫和地說就可以了，但聲量一定要恰好讓全車人都聽見。諸如此類的事情，不管在哪個場合都可以做，在餐廳裡，午餐時間，教室裡都可以。不過，最棒的還是在公共場合。最好旁邊要有陌生人，尤其是有女孩子在場的時候。這樣保證會讓那些男孩子窘死。長久下來，人們對愛彌兒．詹達就會特別客氣。而愛彌兒對於這種禮遇，也覺得很滿意。

愛彌兒並不蠢，不過他的課業成績表現並不特別耀眼。但不管怎樣，他的成績還是勉強及格——不至於拿到不及格的F，而是及格邊緣的D。這樣的成績對於愛彌兒來說，已經足夠跟他老爸交代了。愛彌兒覺得他父親是個蠢蛋，而他父親一心一意只盼望兒子能夠順利地從三一高中這種時髦的私立學校畢業。他父親根本不了解，三一高中其實是個噁心巴啦的爛學校。

「愛彌兒，你真是帥呆了！」亞奇對他說，這時候，愛彌兒已經把整只玻璃罐注滿了，他正小心翼翼地將油箱的蓋子拴緊。

愛彌兒狐疑地抬起頭，神情充滿戒備。他一向搞不清楚亞奇．柯斯特洛什麼時候是認真的，什麼時候是在開玩笑。愛彌兒不太跟亞奇往來，雖然亞奇其實是這世上少數被愛彌兒尊重的人，甚至可以說是被他畏懼的人。亞奇和守夜會。

「你剛剛是說『帥』嗎？」

亞奇大笑。「愛彌兒，我的意思是說，你真是個很特別的人。還有誰會在大白天跑來偷汽油啊？而且又是在這麼公開的地方。你真帥啊！」

愛彌兒笑了，突然間又有點悶悶不樂。他真希望還能跟亞奇分享別的事情，但他不敢。那些事情太過隱私了，雖然他一直渴望能跟某個人傾訴，關於他怎麼搞破壞的。譬如說，他每次上學校男廁的時候，都故意不沖水，讓下一個使用的男生去清理馬桶上那一坨髒兮兮的穢物。真夠瘋狂的。就算他想跟別人說，也覺得很難解釋他為什麼這麼做。又譬如說，有時候當他毆打某個男生時，或者在球場上當他擒抱住某個敵方球員，將對方撲倒在地時，他總會感到情慾高張，那時他常常會故意多揍對方幾拳。你怎麼跟別人說這種事？但說也奇怪，他總覺得亞奇會懂的。他們是同一類人，他可以信任亞奇不會說出去。除了那張照片以外。那張一直困擾著愛彌兒的照片。

亞奇正打算走開。

「嘿，亞奇，你要去哪裡？」

「我只是不打算成為共犯，愛彌兒。」

愛彌兒大笑。「卡爾森不會提出告訴的。」

亞奇讚佩地搖搖頭。「帥啊！帥啊！」他說。

「嘿，亞奇，那張照片怎麼樣了？」

「沒錯，愛彌兒，那張照片怎麼樣了？」

「你知道我在說什麼。」

「帥！」亞奇說，迅速離開，決定讓愛彌兒．詹達因為那張照片而惶恐不安。其實亞奇最痛恨像愛彌兒．詹達這種人，儘管他也佩服他們的手段。像愛彌兒．詹達這種人，根本就是禽獸。但是他們很好用。愛彌兒．詹達和那張照片，就是他暫時存放在銀行的籌碼。

愛彌兒．詹達望著亞奇．柯斯特洛遠去的身影。總有一天，他一定能像亞奇一樣——成為守夜會的一員，多酷啊！愛彌兒在卡爾森的汽車後輪胎上狠狠踹了幾腳。其實他多少有點遺憾，沒能讓卡爾森逮到他偷汽油。

第八章

羅花生跑起來很帥。他的手腳非常修長，跑起步來，動作流暢得宛如行雲流水，完美極了！他的腳彷彿完全不用點地，身體也飄浮在空氣中。跑步的時候，他就會完全忘記了臉上的青春痘、日常應對的笨拙，以及當女孩子往他的方向看時，他的慌亂和臉紅。甚至，當他跑步的時候，腦筋也會變得比較靈活，於是，所有事情就變簡單，不再複雜了——這時他很容易就可以解開數學習題，把美式足球的各種陣式背起來。

通常他會一大早起床，比大家都早起，往自己身上潑水，然後迎著晨曦，穿越鄰近的街道，跑過一條又一條巷弄。這時候的景物看起來格外美麗，萬事萬物都循著正常的軌道進行，沒有做不到的事，整個宇宙都在他的掌握之中。

跑步的時候，他連身體的痛楚也愛。所有因為跑步而引起的痛苦——肺葉灼燙、小腿抽筋——他都愛，因為他知道這些痛他承受得了，因為這些痛他最後一定都能克服。他從來不會將自己逼到極限，他知道自己的能力不只如此：事實上，那不僅是能力而已，而應該說是意志力。而且，跑步的時候他的身體也在歌唱，他的心臟歡樂地推動著血液，傳送到全身各處去。他喜歡打美式足球，他喜歡接到傑瑞．雷諾傳來的球，喜歡跑在所有人前面達陣的感覺。但他最喜歡的，還是跑步這件事。他的鄰居常會看見他滿身水珠地跑過鎮上的主要街道，驚嘆於他的速度。他們總是大叫，「小羅，你要參加奧運啊？」或者「小羅，你是不是想打破世界紀錄啊？」而他繼續跑，跑得行雲流水，跑得完美極了！

但此刻他並不是在跑步。他正在尤金修士的教室裡，而且他嚇壞了。

他已經十五歲了，身高一百八十七公分，不能再像小孩子一樣大哭，可淚水還是奪眶而出，模糊了他的視線，彷彿整間教室都淹了水。他也覺得好羞恥，對自己充滿厭惡，可是他仍然控制不了自己。

他流淚，不只是因為挫折感，還因為恐懼。這種恐懼和其他他所知道的恐懼都不一樣，這是一種會讓人惡夢不斷的恐懼。就好像你夢見被怪獸抓到了，驚醒，鬆了一口氣，正高興自己是安全的，接著無意間瞥向門口，卻發現月光下有一頭怪獸，正偷偷潛近你的床鋪。這時你知道了，你從一場惡夢爬出來，又繼續跌入另一個惡夢中——這時候，你該怎麼辦才能找得到出口，回到現實世界裡？

當然，他也知道，此刻自己正在現實世界裡。觸手可及的每樣東西都很真實。每一把螺絲起子、鉗子都是真實的。而眼前的桌子、椅子、黑板，也都很真實。教室以外的那個世界，更是真實無比。今天下午三點，當他偷偷潛入學校以後，他暫時把那個世界關在門外了。如今那個世界已經改變了，白天離去，天色逐漸朦朧，從傍晚的紫紅，終於轉為一片闇黑。現在已經晚上九點了，羅花生坐在地板上，頭倚靠著一張桌子，他正對自己潮溼的雙頰生氣，他紅腫的雙眼也刺痛不已。守夜會的人說，他可以使用教室裡那種小小的緊急照明燈，但不准使用手電筒，以免被人發現。羅花生發現他被分派的任務根本就不可能完成。他已經待在這間教室超過六個小時，卻只解決了兩排的課桌椅。所有課桌椅上的螺絲釘都被拴得很緊，是用工廠機器拴的，普通的螺絲起子根本沒用。

我一定做不完的，他想著。就算我花上一整晚的時間也做不完，而且爸媽發現我沒回家，也一定會氣死的。他忍不住猜想，他會不會一直做到明天早上，累垮，然後被人逮到？萬一真發生了這種事，丟臉的不光是他，「守夜會」以及整個學校都會名譽掃地。他又餓，頭又痛，於是他開始思考，也許應該趁早逃離這裡比較好。他可以飛快地跑，不顧一切衝過大街小巷，讓自己遠遠地躲開這個可怕的任務。

走廊傳來奇怪的聲響。很像是從另一個世界傳來的聲音——讓人毛骨悚然的那種。各種奇怪的聲音同時響起。牆壁吱吱嘎嘎說著奇怪的語言，地板嗶嗶剝剝地回應，而馬達的聲音嗚嗚低鳴，聽起來就像奇怪的人聲。要嚇死人也不用這樣！自從很小的時候有一次半夜醒來哭著叫媽媽以後，他已經很久沒被這樣驚嚇過了。

砰砰。那是——是別的嘈雜聲！他驚恐地看向門口，一點也不想看，卻又抗拒不了誘惑，想起了許久以前做過的那個惡夢。

「嘿，羅花生。」低語傳來。

「誰？」他也低聲回應。全身放鬆。他不再孤單了。還有其他人也來了。

「你做完了沒？」

四個人影疊成一團，往前靠近他，看起來就像是某種怪獸。從某個角度來說也算是怪獸吧——惡夢終究還是惡夢。他畏縮地退後，皮膚又熱又刺痛，好像感染了蕁麻疹。他看見這幾個人爬進教室，膝蓋著地，緩緩越過地板。不久，帶頭的人已經來到他的面前。

「需要幫忙嗎？」

羅花生發現這個人的臉上戴著面罩。

「進展有點慢。」羅花生說。

面罩男抓住羅花生T恤的領口前方，扭轉得緊緊的，然後將他甩到後頭去。他幾乎可以嗅到面罩男口氣中的比薩味道。面罩是黑色的，類似電影蒙面俠戴的那種。

「聽好了，羅花生。完成任務比什麼都重要。你聽懂了嗎?任務比你重要，比我，甚至比學校都重要。這就是為什麼我們決定來幫你，把事情搞定。」面罩男的指節用力掐緊羅花生的喉嚨。「不准跟任何人說，不然你就別想繼續在三一高中混。聽懂沒?!」

羅花生嚥了嚥口水，點點頭。他的喉嚨好乾。他快樂得要飛上天了。幫手竟然從天而降，不可能的任務變可能了。

面罩男抬頭對其他人說，「好吧，夥伴們，開始動手吧！」

另外有一個人也抬起頭，同樣戴著面罩，他說：「還真好玩欸！」

「閉嘴！給我認真幹活！」顯然是帶頭的那個人說。

他鬆開羅花生的T恤，然後拿出他自己的螺絲起子。

他們總共花了三個小時才幹完活。

第九章

傑瑞母親死的時候是春天。當她從醫院被送回來之後，他們陪著她度過最後那些夜晚——包括傑瑞的父親、叔叔嬸嬸、舅舅阿姨，以及傑瑞自己。在最後那幾週裡，親戚們匆忙來去，每個人都極度疲累，哀傷而沈默。當醫院宣告診治無效之後，她就被送回家裡等死。她一直很愛這個家，曾經花了很多心力布置房子——她不時就會幫房子貼上新壁紙、重新粉刷、汰換家具等等。傑瑞的父親常開玩笑說，「給我二十個像她一樣的員工，我就可以開一家小工廠，然後變成百萬富翁了。」但她卻生病了，然後死了。

看著她一天比一天衰弱，以往的美貌不再，容貌和身體也變形，傑瑞只覺得快要瘋了，他經常必須逃出母親的臥室。有時候，他對於自己的脆弱覺得很羞愧，他很希望自己能像父親一般堅強。他父親總是很鎮定，總是能掩飾自己的痛苦和悲傷。當他母親最後終於死了——那天下午三點半的時候，她停止了喃喃自語，安靜地走了——傑瑞的內心突然湧起無限的憤怒。一直到他沈默地站在母親的靈柩前，內心依然充滿尖銳的怒氣。他氣憤病魔竟然以這樣的方式肆意蹂躪母親。他內心的憤怒如此深沈如此尖銳，使得他的哀傷不見了。他很想對著這世界怒吼，吶喊，以便把她的死亡趕跑，甚至讓所有樹木摧毀，建築物倒塌，地球裂開。但他什麼也沒做，只是沈默地躺在床上，無眠地度過一個又一個夜晚，想著她的身體就停放在殯儀館，不再是她了，而是一個物體，冰冷而蒼白。

在這些可怕的日子裡，他父親變成了陌生人，就像一個行禮如儀的夢遊者，就像一具傀儡，被隱形的懸絲操控著做動作。傑瑞覺得無助，而且被遺棄，他的內心緊繃。即使當他和父親肩並肩站在母親的墓碑前，仍然覺得兩人之間隔著遙遠的距離，觸碰不到對方。然後，在喪禮最後，當他們就要離開時，傑瑞突然發覺自己竟然被擁在父親的手臂裡，他的臉緊緊地靠著父親的胸膛，聞著父親身上的香菸味，以及淡淡的薄荷漱口水味——這些都是他所熟悉的父親身上的味道。就在喪禮上，他們依靠著彼此，沈浸於無聲的哀傷和失落中，開始痛哭。傑瑞不知道自己是何時開始哭的，而父親又是何時拭去淚水的。他們只是哭著，在不可名狀的需要中痛哭，沒有絲毫難為情，然後彼此攙扶著走出去，手挽著手，走向等待著他們的車子。糾結而尖銳的怒氣被解開了，但是當他們從墓園驅車回家時，傑瑞了解到，取而代之的是更糟的東西——那就是空虛，就像在他心裡挖了一個洞。

那也是他和父親最後分享親密關係的時刻。從此以後，他每天上學放學，他父親上班下班，規律的生活占據了一切，而他們也全力投入其中。他父親把房子賣掉，兩人搬到一棟有花園的公寓裡，那裡沒有回憶盤據。整個夏天裡，傑瑞都待在加拿大，住一個遠親家的農場裡。他全心全意投入農場的肢體勞動中，希望鍛鍊好身體，以便秋天之後能夠適應三一高中和美式足球的生活。他的母親就是在這個加拿大小鎮出生的。這裡的街道狹小，但散起步來很舒服，她在少女時期曾經無數遍漫步走過這些街道。九月底以後，傑瑞回到美國，和他父親一起投入規律的簡單生活中。工作和學校。還有美式足球。在球場上，摔得鼻青臉腫、被揍得七葷八素、全身髒兮兮的，這些事情都讓傑瑞覺得，自己畢竟仍歸屬於某個東西。有時候他會猜想，不知道他父親又是歸屬於什麼？

此時，當他看著父親，他又產生了同樣的疑惑。他剛剛從學校放學回家，發現父親正蜷在起居室的沙發上打瞌睡，雙手交叉環抱在胸前。傑瑞躡手躡腳，悄悄穿過房間，不希望吵醒父親。他父親是個藥劑師，就在社區一家連鎖藥局工作，上班時間採輪值制。他經常會輪值到大夜班，睡眠時間不固定。因此，他後來就養成習慣，只要有片刻休閒時間，隨時隨地都可以入眠。傑瑞已經餓了，不過他仍然安靜坐在一旁，等待他父親醒來。他同時也被美式足球操得很累，他的身體不斷被懲罰、他不斷地練習進攻卻始終無法得分、他不斷地傳球卻一直失敗、他不斷承受教練的挖苦嘲弄、還有九月的酷熱陽光……，所有的這一切，都搞得他很挫敗。

他看著父親因為睡眠而放鬆的臉龐——所有被歲月鏤刻的皺紋鬆弛了——想起了以前曾聽人講過，結婚許久的配偶就會有夫妻臉。於是他瞇起眼睛，就像在盯著一幅細緻的圖畫，試圖從他父親的臉龐尋找母親的容顏。結果，無預警的，失去她的痛苦猛然回擊，就像一記打在他胃上的硬拳，他很擔心自己會昏倒。最後，在某種惡夢般的奇蹟中，他終於把母親的影像重疊在父親的臉上——而有那麼一瞬間，關於母親的種種甜美回憶一擁而上，而他必須再度壓下看見她躺在棺材裡的那副恐怖景象。

他父親醒了過來，彷彿在夢中被一隻看不見的手打了一巴掌似的。先前的影像消失了，傑瑞站起身來。

「嗨，傑瑞。」他父親說，揉揉眼睛，坐起身來。他的頭髮仍然很整齊。不過，話說回來，像他父親的這種小平頭怎麼可能弄亂？「你今天一切都好吧，傑瑞？」他父親的聲音迅速恢復了精神。

「OK吧，我猜。球隊裡有練習，情況就跟之前幾天差不多，我會順利通過的。」

「很好。」

「那你今天怎樣，爸？」

「很好。」

「那就好。」

「杭特太太幫我們準備了菜肉捲，鮪魚的。她說你上次吃過覺得滿喜歡的。」

杭特太太是他們的管家。她每天下午會來打掃房屋、幫他們父子準備晚餐。她有著一頭灰髮，常常會把傑瑞弄得很窘，因為她總愛揉搓傑瑞的頭髮，喃喃說著：「小乖，小乖……」好像他現在還是國小三年級的小朋友似的。

「餓了嗎，傑瑞？給我五到十分鐘，我就可以把晚餐準備好。只要加熱就可以吃了……」

「很好。」

他正在把他父親經常掛在嘴邊的「很好」丟回去，儘管他父親並沒有注意到。很好——這是他父親最喜愛的字眼了。

「嘿，爸。」

「嗯？」

「今天店裡的一切真的都很好嗎？」

他父親在廚房門口停下腳步，有點困惑。「你的意思是……？」

「我是說，每天我問你一切都好嗎，而你每天都會跟我說很好。難道你不會有哪幾天非常棒？或者哪幾天糟透了？」

「藥局裡每天的狀況都差不多啊，傑瑞。顧客把醫生的處方箋交給我們，然後我們就把藥配給他們——過程差不多就這樣。你配藥的時候要很小心，必須全神貫注，然後再檢查一遍。大家都知道，處方箋上醫生的手寫字常常都很潦草，不過，這些我以前都跟你說過了。」他這時皺起眉毛來，彷彿正在搜尋記憶，看有沒有什麼新鮮事情可以用來取悅兒子。「三年前，有人搶劫未遂——那一次是有個人嗑了藥之後，發瘋了似地闖進藥局裡來。」

傑瑞竭力隱藏他的驚駭和失望。難道這就是他父親生命裡最刺激的事情嗎？有個被嚇壞的傢伙拿著一把玩具手槍試圖搶劫？難道對人們來說，生命就這麼無趣、呆板而單調？一想到他未來的日子也可能是這樣，他就無比痛恨：漫長的白天接著黑夜，並且過得很好，很好——沒什麼特別的，既不是很棒，也不是很差勁，不刺激，什麼都不是。

他跟著父親走進廚房。父親把菜肉捲放進烤箱裡去，就像把一封信投遞進信箱裡。突然間，傑瑞覺得一點也不餓了，一點胃口也沒了。「要不要來點沙拉？」他父親問，「我想家裡應該還有生菜之類的。」

傑瑞機械式地點點頭。到頭來，這就是生命的全貌嗎？你完成學位，找到一個工作，結婚，做了父親，看著你的妻子死亡，然後你的日子只剩下白天接著黑夜，黑夜接著白天，當中彷彿不再有日出、黎明和日落，除了單調的灰之外，再也一無所有。話說回來，這麼想對他父親公平嗎？對他自己公平嗎？每個人都應該有所不同，不是嗎？每個人都應該有選擇，不是嗎？而他事實上又了解他父親多少？

「嗨，爸。」

「什麼事，傑瑞？」

「沒什麼。」

他要怎麼問，父親才不會覺得他瘋了？而且他也懷疑父親會坦誠相告。傑瑞想起幾年前發生過的一件事，當時他父親在老家附近的一間藥局工作，那家藥局的顧客常常會跑去跟藥劑師問東問西，好像他是可以開處方的醫生。有一天下午，當傑瑞去藥局找他父親的時候，正好有一位老先生走進來。這位老先生身子佝僂、皮膚上滿是疣瘤。他對傑瑞的父親說，他右側的身體一直在痛。藥劑師先生，你看我該怎麼辦？你覺得這可能是什麼毛病？你看，就是這裡，你壓壓看。藥劑師先生，你摸到了嗎？這裡有一個腫塊，有沒有什麼藥可以治好？傑瑞看見父親非常有耐心地對待那個老先生，充滿同理心地傾聽，不時點頭，甚至還摩挲著臉頰，好像他正在思索著該怎麼下診斷才好。他最後終於說服那位老先生去看醫生。但有某個片刻，傑瑞真的覺得，父親好像在扮演醫師的角色——睿智，專業，而且充滿同理心。即使身處於一間小小的藥局裡，他仍然展現出合格的專業態度。當那位老先生離開之後，傑瑞問他父親說，「爸，你有沒有想過要當醫生？」他父親驚訝之餘迅速轉移視線，有點遲疑地回答：「沒有，當然沒有。」他說。但傑瑞捕捉到，在他的眼神和聲音中有點異樣，和他的回答不完全一致。傑瑞試圖繼續這個話題，但是他父親突然開始忙碌處理一堆處方箋和雜務了。於是，傑瑞從此不再提起這個話題。

此刻，看著他父親在廚房裡忙著，準備晚餐，天哪——這個形象跟醫生差得可真遠——而且他的妻子死了，他的獨生子對他充滿疑慮，他的人生如此蒼白無趣。想到這裡，傑瑞不禁陷入悲傷的情緒中。烤箱發出聲響，菜肉捲熟了。

稍晚之後，當傑瑞準備要上床之前，他站在鏡子前面審視自己。那天廣場上的那個遊民大概就是這麼看待他的——不知變通的豬腦袋。就像他把母親的影像重疊在父親的臉上一樣，如今他也可以從自己臉上看見父親的影像。他轉身走開。一點也不想看見父親的影像。這個念頭讓他畏縮了一下。我希望能做點什麼事，做個與眾不同的人。但那是什麼呢？是什麼？

美式足球。他想加入球隊。這是一件重要的事。應該是吧？

完全毫無來由的，他想起了被雷恩修士指控作弊的葛瑞格．貝利。

第十章

事後亞奇不得不承認，雷恩修士把賣巧克力這件事搞得很戲劇化，讓人情緒嗨到最高點，於是他自己、守夜會以及整個學校，最後全都上鉤了。

首先，雷恩在教堂召開一場特別的集會。在耍完祈禱之類的宗教猴戲之後，他開始鬼扯起創校精神之類的狗屎。不過，這次確實有變出一些新花樣。站在神壇上的雷恩對他的走狗打暗號，叫他們扛出十個貼在硬紙板上的大海報，海報上按照筆畫順序列出學校裡每個學生的姓名。在每個姓名旁邊，都畫上一排空白的方格子。雷恩解釋說，這個格子是用來逐日填寫學生賣掉的巧克力數目。

當雷恩的走狗們努力地用膠布把硬紙板海報貼到他講台後方的牆壁上時，每個學生都樂歪了。那些海報不斷從牆壁上滑落，不管怎麼做，它們就是不肯乖乖黏在牆壁上。牆壁是水泥砌的，當然也沒辦法用大頭釘去釘。瞬間，噓聲四起，雷恩修士的臉色很難看，於是噓聲、嘈雜聲更明顯了。全世界沒有比看老師出糗更美妙的事了。好不容易攪和到最後，那些海報才安穩地貼在牆壁上，終於輪到雷恩掌控大局了。

亞奇不得不承認，這是雷恩修士有史以來最精采的演出。實在應該頒給他一座奧斯卡金像獎的。他滔滔不絕的演說有如尼加拉瀑布般豐沛不絕——創校精神啦、從來不曾失敗的巧克力義賣傳統啦、臥病在床的校長啦、三位一體的修士會精神啦、學校需要基金來維持雄偉建築物的開銷啦，並保持教育順暢進展之類的。他提醒大家，回想過去的榮光吧，瞻仰中庭走廊上展示的那些獎盃吧，還有過去幾年來在危急存亡之際將三一高中推上勝利頂峰的偉大意志……巴啦巴啦，總之就是一堆屁話，不過呢，還真有效。當雷恩這樣的大師親自出馬，火力全開的時候，他的話語，他的手勢，宛如魔咒般催眠全場。

「沒錯，」雷恩修士加強語氣說，「今年每人分配的數量是增加了一倍，但這是因為我們遇到的挑戰比往年都要更嚴苛，」他的聲音就像管風琴的樂音起伏，籠罩整間教堂。「每個學生都必須賣出五十盒巧克力，不過我知道你們每個人都非常樂意分擔這個重責大任。甚至我敢說，你們有能力承擔更多。」他以手勢比向那一排海報。「各位紳士，我跟你們保證，在這個活動最後，你們每個人都會看見，自己名字旁邊的格子裡填上了『五十』，這象徵著你們是三一高中的一份子，與三位一體的精神合而為一……」

他繼續說著，可是亞奇已經自動把耳朵關上了。說，說，說——那就是所有人在學校聽到的東西。亞奇不舒服地在椅子上蠕動，想起了之前他在守夜會的會議上宣布，雷恩修士希望守夜會支持巧克力義賣的事情，以及他又是如何答應的過程。結果守夜會的人一聽，都覺得這件事很可疑，這讓亞奇很意外。「該死，亞奇，」卡特說，「我們從來都不跟那些教職員攪和的。」不過，亞奇最後還是說服了他們，就跟往常一樣。他指出，從雷恩需要守夜會的支援來看，這個組織已經變得很有勢力了。而且，賣巧克力這種狗屁倒灶的活動，對他們來說根本微不足道。但此刻，聽見雷恩把這件事情說得好像全校要去參加十字軍東征似的，他也開始覺得這件事沒那麼單純。

看著那些看板，以及上面的名字，亞奇開始想該怎麼把自己的配額賣掉。他絕對不可能勞動自己一根指頭去賣那五十盒巧克力的。從高中入學開始，他就從沒親自去賣過一盒巧克力。通常亞奇會找某個樂意替他分憂解勞的小鬼，幫忙賣掉他的份，這些小鬼的打算是，這麼一來就可以避免被守夜會找去出任務。不過今年，亞奇恐怕得多找幾個人來分擔了，譬如說，也許得找五個小鬼，然後讓他們每個人分擔十盒巧克力。這樣應該會比去找一個小鬼來賣掉五十盒巧克力要好，是吧？

亞奇舒舒服服地往後靠，他吁出一口氣，心滿意足地調整出最自在的姿勢。

第十一章

事發經過就像是有人扔下炸彈。

布萊恩・凱力呆呆地看著他剛才摸過的椅子。它的四肢散開了。

接著，所有事情都發生在一瞬間。

亞伯特・勒白朗在通過一排走道時，不小心撞到一張桌子，這張桌子經過一陣劇烈搖晃之後，解體了。倒下來的時候，它又撞到了另外兩把椅子以及一張桌子。

約翰・洛威正打算坐下來，就聽見桌椅撞擊的聲音。他一轉身，撞到自己的桌子，結果震驚地發現桌子就在他眼前拆解了。他反射地跳開，又撞到椅子。椅子沒事，可是坐在他後面的亨利・寇丘的桌子卻猛烈地顫動，然後砰聲倒地。

整間教室都淹沒在乒乒乓乓的聲響中。

「我的老天爺，」尤金修士踏進教室看見這一團混亂時忍不住說。倒在地上的桌椅已經拆解成零散部位，彷彿剛歷經了一場神祕而無聲的致命轟炸。

尤金修士衝到講台邊，那是他的安全避風港，也是每位教師的靠山。他輕輕一碰，桌子像個醉漢似地搖晃，後方的桌腳斜墜成一個奇怪的角度，而且——奇蹟中的奇蹟——它竟然一直維持這個角度金雞獨立著，沒有倒下。不過，他的椅子卻散開了。

混亂中，學生們驚恐地在教室裡衝來奔去，但什麼也做不了。等到他們終於搞清楚發生了什麼事以後，急忙把十九號教室裡的每張桌椅都一一測試過，然後快樂地看著這些桌椅一一倒地、解體，有一些比較頑固不肯倒下的桌椅，學生們還幫了一臂之力。

「酷哇！」有人大叫。

「守夜會。」另一個人喊出這名字來——好像在幫一件作品貼上創作者的名字。

從頭到尾，十九號教室只花了整整三十七秒就瓦解了。

亞奇站在門口計時。他看著整間教室變成垃圾堆，心底湧起一股甜蜜的快感，這是一場大勝利，彌補了其他差勁的事，例如他拿到的爛成績、那只黑盒子。看著這一團混亂，他知道這將會是他的偉大戰績，是那些無聊任務當中大獲全勝的一個，將來肯定會成為三一高中的傳奇。他幾乎可以想見，很久很久以後，三一高中的學生仍然會敬畏地傳頌著十九號教室發生過的事情。當他看著這場浩劫，他發現很難把胸中那股想吶喊的喜悅壓下去：是我讓這一切發生的。當然，尤金修士顫抖的下巴、驚慌失措的表情，也非常值回票價。

尤金修士背後的那片巨大黑板突然脫落，重重地掉在地板上，看起來就像是這一場混亂大戲的謝幕式。

「你！」

亞奇聽見一個爆怒的聲音，同時感覺到一雙手握住他的肩膀。他轉身，和雷恩修士面對面。此刻，雷恩的臉色不再蒼白了，他的臉頰上閃耀著一塊一塊的紅斑，看起來彷彿是某種詭異的舞台妝。說不定它真的是某種用來嚇人的舞台秀也說不定。畢竟，這對雷恩來說一點也不有趣。

「你！」雷恩再度說。他的聲音壓低成某種邪惡的耳語，伴隨著腐臭的口氣傳送過來——應該是雷恩早餐殘留在口腔的氣味吧，聞起來像是過期的培根和煎蛋。「是你做的。」雷恩說，一隻手的指甲狠狠掐進亞奇的肩膀，另一隻手則指著十九號教室的混亂場面。

這時，好奇的學生紛紛從其他教室蜂擁過來，圍在十九號教室的前後兩個門口觀看著，他們也被教室裡的情景嚇住了。有些學生目瞪口呆地看著那些桌椅的殘骸，另一些學生則好奇地看著雷恩修士和亞奇。無論如何，不管他們看的是哪一邊，都精采萬分——學校慣常作息中斷了，死板的上課秩序被打亂了。

「我不是警告過你，我希望學校裡平平靜靜的？不准出意外？不准惡搞？」

雷恩熊熊怒火中最嚴重的是他壓低聲音說話的方式，從他嘴巴裡吐出的恐嚇，有如毒蛇吐信的嘶嘶聲，聽起來甚至比他大吼大叫更可怕。同時，他抓住亞奇肩膀的利爪掐得更緊，讓亞奇痛得直皺眉。

「我沒做什麼。更沒承諾過你什麼事。」亞奇不由自主地說。一切都必須否認，絕不道歉，絕不承認任何事。

雷恩將亞奇往前推去撞牆，在這同時，學生們紛紛聚集到走廊上來了，爭先恐後前來觀看十九號教室的災情。大家擠在教室外頭，交頭接耳竊竊私語，比手畫腳，並驚訝地連連搖頭——傳奇已經開始了。

「這裡是歸我管的，你懂不懂？現在整個學校都由我負責。賣巧克力的活動才剛展開，你就給我搞出這一齣戲。」雷恩冷不防鬆開亞奇，讓亞奇不得不杵在那裡，彷彿被吊在半空中。他轉頭看見一些同學正盯著他和雷恩瞧。盯著他！亞奇．柯斯特洛竟然被一個混蛋老師在大庭廣眾之下給羞辱了。他美好的勝利高潮竟然被這個瘋子和他那個可笑的賣巧克力給破壞了！

他看著雷恩怒氣沖沖地走開，穿過喧譁的走廊，然後消失在一大群學生之中。亞奇揉著肩膀，輕柔地按壓著方才被雷恩指甲狠狠抓傷的地方。然後，他也穿過人群，推開那些擠在門口的學生。他站在教室門口，享受著十九號教室的殘破景象——他的傑作。

美，真美。

他看見尤金修士仍然站在教室裡面，全身顫抖，臉頰上流淌著淚水。

螺絲起子旋啊旋，旋開他媽的雷恩修士。

第十二章

「再來一次。」教練怒吼，嗓音嘶啞。這是最危險的訊號——當教練的嗓子嘶啞，就表示他已經失去耐性，瀕臨發飆。

傑瑞打起精神。他的嘴巴乾涸，只好努力吞嚥口水讓嘴唇溼潤點。他的肋骨也好痛，整個左半邊身體好像燃燒了起來。他默默退回自己的位置去，站在艾達莫的後面，艾達莫是中鋒。其他的球員也排好隊形，全神貫注，等著。大家心底都明白，教練對他們很不滿意。豈止不滿意？見鬼了，教練根本就火大到極點，氣極了他們不長進。他特別安排這次的訓練，讓新進球員有機會跟學校代表隊的幾個球員進行攻防，把他之前教過的演練出來，結果他們卻表現得爛，爛，爛，簡直爛到沒救了。

在這次特訓裡，教練並沒有事先指示進攻戰術，只是在每次進攻時宣告進攻的當數，並且要新進球員們去包抄攔截卡特。卡特是學校代表隊的後衛，個子非常高大健壯，看起來像是可以把這些菜鳥球員生吞活剝。不過教練已經說了，「我們得讓卡特瞧瞧我們的厲害。」這是三一高中美式足球隊的傳統，讓菜鳥和明星球員對打，而且會刻意在進攻中叫菜鳥球員去攔阻明星球員。

這是新進球員唯一能達成的戰果，因為他們絕大多數都太嫩了，或者說太弱了，對於學校代表隊來說，根本不堪一擊。

傑瑞守候在艾達莫的後面。他下定決心，一定要在這次進攻中有所表現。他知道，先前幾次進攻之所以會失敗，是因為他沒有抓好時間，而且他也沒能正確預判卡特究竟會從哪個方向突圍。當他以為卡特會往前衝的時候，相反的，這個高壯的後衛卻向後跑，繞過碼線，從後方突襲傑瑞。最叫傑瑞生氣的是，每次卡特撲倒他的時候，總是刻意放輕力道，幾乎是溫柔地把他壓倒在地，好像在證明自己是多麼的優越。卡特好像在說：我不需要下重手痛宰你，小鬼，我輕輕鬆鬆就可以幹掉你。可是這已經是連續第七次進攻了，而在一次又一次的擒抱摔倒中，最危險的就是，你的動作會逐漸遲緩。

「大家加油，就這一次了。輸贏全看這一回。」

「好啦，就快完蛋了，夥伴們！」卡特嘲笑他們。

傑瑞打出暗號，希望他的聲音聽起來很有信心。雖然他一點也不覺得有信心，但他也沒放棄希望。每一次的進攻都是新的開始，就算進行得不是很順利，他仍然覺得他們就要鹹魚翻身了。他對幾個隊友很有信心，像是羅花生、艾達莫，以及克洛德。遲早的，他們一定可以絕地大反攻。先前的努力總會有回報的。只要教練沒叫他們解散。

傑瑞把雙手合成鴨嘴的模樣，準備好吞下那顆球。在他的暗號下，艾達莫把球傳到他的手掌中。傑瑞一接到球立刻往後跑，向右，斜前，閃躲，他的手已經舉起來，準備要傳球了。他瞥見卡特又竄了出來，就像是某隻戴著頭盔的巨大爬蟲獸。突然間，卡特被絆倒了，他的身子翻滾，接著被克洛德撲倒在地。卡特反滾過身，壓在克洛德身上，兩人的身體糾纏在一塊。傑瑞獲得自由了，他繼續向後跑，向後，放輕鬆，放輕鬆，拖延時間，直到他瞧見了羅花生揮動的手。傑瑞避開了一些試圖要抓住他袖子的手指，然後他把球傳了出去。有人擦碰了他的屁股，但他閃開了這次攻擊。球傳得很漂亮。他敢說，真的很漂亮，球直接落向目標，雖然他沒能看見最後的結果，因為他被卡特兇猛地撲倒在地了，後者不知怎麼著已經脫離了方才的困局。撲倒在地的瞬間，傑瑞聽見了叫喊聲和歡呼聲。於是他知道，羅花生已經接到傳球，而且達陣了。

「好，好，好，好。」教練說，沙啞的聲音中充滿勝利。

傑瑞奮力站起身。卡特朝他的屁股上拍了一下，表示他的讚賞。

教練笨重地走向他們，眉毛依然深鎖。話說回來，從來也沒人見他笑過。

「雷諾，」教練說，嗓音不再沙啞刺耳。「說不定我們真的能把你訓練成一個四分衛喔，你這隻瘦皮猴小雜種。」

傑瑞被所有球員圍繞著，雖然他仍然上氣不接下氣，而羅花生也帶著球跑過來，但這一瞬間傑瑞覺得樂翻了，幸福斃了。

三一高中有一項傳說，當教練開始叫你「雜種」，就表示他已經把你當成合格的球員了。

所有的球員再度排好陣伍。傑瑞等著球傳到他手裡，同時感覺到空氣中正迴盪著聖歌和讚美詩。

等到練習結束，他回到學校之後，發現他的儲物櫃門上黏貼著一封信。守夜會的傳喚書。主旨：任務。

第十三章

「艾達莫？」

「要。」

「波維？」

「要。」

「柯藍？」

「喲。」這是老愛耍寶的柯藍，他從不規規矩矩應答。

「卡羅尼？」

「要。」

每個學生都看得出來，雷恩修士此刻正樂在其中。這是雷恩最喜歡的劇情——他下達命令，一切進行順暢，而且學生們聰敏地回應，接受賣巧克力的任務，展現三一高中的精神。

羅花生喪氣地想著三一高中的精神。自從十九號教室被毀了之後，他就一直處在一種半驚嚇的情緒中。每天早晨，他都在頹喪的情緒中醒來。睜開眼睛之前，他就察覺到了有某件事情不太對勁，生命裡有某個東西被扭曲了。接著他想起來，是十九號教室。

事情發生之後的頭一兩天，他還有種興奮刺激的感覺。周圍的人開始傳聞，十九號教室之所以被毀，是因為羅花生接受了守夜會的任務。雖然沒有人直接來跟他求證，但他多少察覺自己成了某種地下英雄。即使是高年級學長在看見他時，眼中也會露出敬畏。同學們會在擦身而過時拍打他的屁股，這是三一高中的一項傳統，表示對你的認可，承認你的與眾不同。但隨著日子流逝，謠言逐漸傳開，就像神父披戴的長巾飄過校園。這世界到處都有謠言，只不過這次的謠言圍繞在十九號教室的意外上。賣巧克力的事，因而延後一星期，而雷恩修士在教堂裡公開說，希望一個星期內有人出面說明；因為校長正在住院，所以他必須做書面報告之類等等的。謠言還說，雷恩私底下在調查十九號教室的事，而可憐的尤金修士，自從那個災難的早晨之後，就不曾再出現了。有人說他情緒崩潰了，也有人說，他家族裡有人死掉，所以他回去奔喪。無論如何，種種這些傳聞，日夜糾纏羅花生，讓他晚上睡不好覺。雖然學校裡有許多同學一再諂媚他，但他還是覺得跟他們很疏離。他們雖然崇拜羅花生，但並不希望跟他走得太近，以免事情敗露後，也被牽連進去。

有一天下午，他在走廊上遇見亞奇・柯斯特洛，亞奇把他拉到一旁去。「如果他們找你問話，你就說什麼也不知道。」亞奇警告他。羅花生當然不知道，這其實是亞奇最愛幹的把戲——恐嚇某個人，讓那個人成天擔憂。

於是自從那一刻起，羅花生就隨時提心弔膽，擔心著哪一天會看見自己的名字出現在布告欄的通緝名單上，天哪！他再也不想要同學們的諂媚了——他只想單純地做回羅花生、打美式足球，每天早上跑步。他害怕接到雷恩修士的傳喚，他也懷疑自己有足夠的勇氣接受訊問，在雷恩修士水亮眼睛的注視下，對雷恩說謊。

「古博。」

他突然意識到，雷恩修士已經叫到他的名字了，而且叫了兩三遍。

「是。」羅花生回答。

雷恩修士停頓了一下，詢問地看著他。羅花生打了個寒顫。

「古博，你今天看起來有點心不在焉。」雷恩說：「至少可以說是不夠用心。」

「我很抱歉，雷恩修士。」

「說到用心，古博，你應該知道吧？這場巧克力義賣活動不只是學校的大事而已，你懂吧？」

「是的，雷恩修士。」這是雷恩拋給他的誘餌嗎？

「這場義賣活動最感人的部分是，古博，它完全由學生自動自發完成的。由學生來義賣巧克力，學校不主導，只是單純協助而已。這是你的義賣，你的計畫。」

狗屁！有人低語，不過雷恩並未聽見。

「是的，雷恩修士。」羅花生說，鬆了一口氣，他了解到，此刻雷恩修士的心思完全放在巧克力義賣上，並沒有想到要追究羅花生究竟無辜或有罪。

「所以你願意義賣五十盒巧克力？」

「願意。」羅花生渴切地說。五十盒巧克力不是小數目，不過他很高興能夠說好，然後避開眾人的注視。

雷恩宛如在舉行典禮似的，寫下羅花生的名字。

「哈特尼？」

「要。」

「強森？」

「要又何妨？」

雷恩接受了強森這小小的諷刺，因為他的心情很好。羅花生忍不住懷疑，自己什麼時候才能心情好轉。而且他很困惑，為什麼他會對十九號教室的事耿耿於懷，覺得自己很差勁？是因為教室被破壞了嗎？其實，所有的桌子椅子在一天之內就已經組裝好，恢復原貌了。雷恩原本打算要處罰這幾個進行破壞的學生，但最後仍然作罷。每一顆螺絲釘、每一張桌椅的每個零件，都被當作是這樁傳奇的證物。學生們甚至搶著幫忙把桌椅組裝回去。那麼，為什麼他還是覺得有罪惡感？是因為尤金修士嗎？也許是吧。如今，每當他經過十九號教室的時候，就會忍不住瞄一下教室裡頭。

當然，那間教室已經跟從前不一樣了。課桌椅雖然組裝回去了，但時常會咯吱咯吱作響，它們好像在說，我們可是隨時可能會散開喔。而每一個來使用這間教室的老師也都覺得很緊張——你可以明顯看出他們的憂慮。偶爾，會有學生故意把書掉在地上，只為了看老師們驚慌失措的反應。

沈浸在自己思緒中的羅花生，沒注意到教室裡已經籠罩在一股恐怖的沈默中。直到他無意間瞥見了雷恩修士的臉時，才驚覺到那股冰寒的氣氛。雷恩的臉比以往都要來得蒼白，而他的眼睛也明亮得像是閃耀著烈日的寒潭。

「雷諾？」

死寂。

羅花生偷偷瞄向距離他三張桌子之外的地方。傑瑞正挺直坐著，眼眉下垂，死盯著桌面看，好像他正在打瞌睡。

「你人在這裡，是吧，雷諾？」雷恩問，試圖讓語氣聽起來像在開玩笑。但他的努力並沒有得到回應。沒有人笑。

「最後一次點名，雷諾。」

「不。」傑瑞說。

羅花生不敢置信，還以為自己聽錯了。傑瑞的回答如此安靜，只蠕動嘴皮發出微弱的聲音，這聲音微弱到即使落在寂靜教室裡仍然聽不清楚。

「你說什麼？」雷恩問。

「不要。」

大家面面相覷，有人笑了出來。在教室裡開開小玩笑，或者任何能打破無聊上課秩序的東西，總是能受到學生歡迎。

「你剛剛是說『不要』嗎，雷諾？」雷恩先清了清喉嚨，然後問。

「是。」

「是，什麼？」

從「不」到「是」的轉變，讓教室的氣氛熱絡了起來，某個角落裡傳來咯咯竊笑，然後有人發出嚄嚄打鼾聲，所有人的心情變得開朗起來。每當課堂上有不尋常的事情發生，學生們立刻就能感覺到氣氛不一樣了，好像溫度變了，連氣候也轉換了。

「讓我們搞清楚，雷諾。」雷恩修士說，他的聲音讓全班同學再度乖乖安靜。「我剛剛叫你的名字，你可以回答『要』或『不要』。『要』表示你自願義賣五十盒巧克力，就跟學校裡其他每位同學一樣。『不要』的話──我再次申明，這次義賣完全是自願的，三一高中絕不會強迫學生去參與任何他不想做的事，因為這是三一最引以為傲的創校精神──『不要』表示你不希望參與巧克力義賣活動，表示你拒絕參加這個全校性的活動。現在，你的回答是什麼？『要』或『不要』？」

「不要。」

羅花生不敢置信地看著傑瑞。這人真的是傑瑞．雷諾嗎？那個總是小心翼翼的、對自己不太有信心，甚至連完成了一記漂亮傳球之後，都還是一副迷惑模樣的傑瑞．雷諾？──此刻他是真的在公然反抗雷恩修士嗎？不只反抗雷恩，甚至是反抗三一高中的傳統？接著，羅花生轉頭看向雷恩修士，雷恩的兩頰漲紅，彷彿他剛才從黑白電影跳進彩色螢幕去，而他一貫水亮的眼睛，此刻已經像是實驗室裡的試管樣本了。最後，只見雷恩修士低下頭去，移動手中的鉛筆，在傑瑞的名字旁邊做了某個像是恐怖符咒的記號。

教室裡的死寂氣氛是羅花生從未感受過的。驚懼，讓人毛骨悚然，彷彿要窒息了。

「山度西？」雷恩喊道，他的聲音有點哽住，但仍然努力恢復正常。

「要。」

雷恩抬起頭來，微笑看著山度西，他臉上的紅潮消褪了，換上一抹微笑，很像是殯葬社的人幫一具屍體調整好的那種微笑。

「泰西？」

「要。」

「威廉斯？」

「要。」

威廉斯是最後一位了。他回答的「要」，在空氣中餘音迴盪。沒有人敢相互對看。

「各位紳士們，你們可以到體育館去領取你們的巧克力。」雷恩修士說，他的眼睛非常溼亮。

「這證明了你們都是三位一體的孩子。只可惜你們當中有人不是，我憐憫他。」他臉上仍然掛著那種恐怖的微笑。「下課。」雷恩宣布，儘管下課鐘還未響起。

第十四章

讓我算一下，約翰．蘇楷想道，愛格妮絲姑姑一定會買的；還有邁特．泰拉西尼也會，因為暑假期間他每個星期都會去泰拉西尼家幫忙整理草坪；還有歐度力神父（雖然他媽媽已經嚴厲警告過他，不准把歐度力神父放進他的巧克力義賣名單去）；以及梭頓先生和太太，他們雖然不是天主教徒，但一直很願意做善事；當然了，還有寡婦米契太太，每個星期六他都會去幫她跑腿買雜貨；還有賣肉的亨利．巴貝奴，雖然他的口氣難聞到只能用可怕來形容，每次你一走進他的店裡就會被薰得倒退三步，不過媽媽說，他可是街坊鄰居裡最和善最有愛心的人了……

約翰．蘇楷很喜歡做計畫清單，特別是當學校有競賽的時候。去年，當他還是高中新鮮人的時候，他就在學校的彩券義賣活動中，贏得了銷售冠軍——他總共賣出一百二十五本書，而每本書值十二張彩券——約翰．蘇楷因此在學期末的頒獎典禮上獲贈一枚紀念別針，這是他獲得的第一個獎品。那枚別針是紫色和金色的（三一高中的代表顏色），形狀是個三角形，又是三一高中的象徵。他的父母親都覺得很光榮。他既不擅長運動，課業成績也不好——勉強及格而已——但就像他母親說的，只要全力以赴，神就會眷顧你。當然，你還是得要預先準備才行。這也就是為什麼約翰要提早列出銷售清單。有時候，約翰甚至還會在義賣還沒開始之前就去拜訪他的老客戶，預告接下來要賣什麼。他最喜歡做的事，莫過於去按客戶的門鈴、收錢，然後在隔天上課點名的時候，把錢交上去。他尤其享受雷恩修士在教室裡對他展露的微笑。他記得去年學期末是他最光榮的時刻，當時他被叫上禮台，接受頒獎，而且校長還談到了「為校服務」的精神，以及「約翰．蘇楷示範了這項特殊貢獻」（這一些話至今仍迴盪在約翰的腦海中，而且每當他看見成績單上的分數C和D，就會格外懷念起那個榮耀的時刻）。

無論如何，這是另一個義賣。巧克力義賣。比去年的價錢貴一倍。不過，約翰還是很有自信可以賣得掉。雷恩修士承諾說要在一樓中庭的走廊上豎立一個特別的銷售榮譽榜，把那些銷售成績特別優秀的同學名字公布出來。每個人的額度是五十盒巧克力。這也比往年多了一倍，但約翰覺得非常開心。對其他同學來說，這個額度會很難達成——其實他知道大家都在哀哀叫了——但約翰卻有十足把握可以把五十盒賣掉。事實上，當雷恩修士提到特別銷售榮譽榜的時候，約翰．蘇楷敢發誓，那時雷恩的眼光是盯著他看的——彷彿雷恩修士就是仰賴他約翰．蘇楷，來為學校樹立典範的。

所以，讓他想想看，應該可以把楓葉街上新住戶發展委員會的人估算進來。也許他今年應該在這個社區裡發動一項特別的義賣活動。今年有九戶還是十戶新鄰居搬進來，不過，最重要的是，先抓住那幾個忠實的老客戶，不管賣什麼他們都會捧場：史雲遜太太什麼都願意買，雖然她經常滿身酒氣，而且老喜歡拉著他聊個不停，跟他說一堆人的八卦，其中很多人他根本就不認識；還有可靠的老好人路易叔叔，他最愛幫車子打蠟了，儘管對時下人來說自己動手幫車子打蠟根本就是老古董的行為；還有住在街尾的卡普力堤一家，他們老喜歡邀請約翰去家裡吃東西，譬如說冷掉的比薩餅，他根本就不喜歡裡頭的大蒜味，那味道總是叫他難以下嚥，不過，你多少總是要做點犧牲，或大或小的犧牲，只要能「為校服務」……

「艾達莫？」

「四盒。」

「波維？」

「一盒。」

雷恩修士頓了一下，抬起頭來。

「波維啊波維。你應該可以表現更好的。只有一盒嗎？為什麼？去年你曾創下了一星期內最高銷售數字。」

「我剛起步的時候總是比較慢。」波維說。他的脾氣很好，課業成績雖然不是最傑出的，但表現中上，而且與人為善，從不樹敵。「我下個星期就會讓大家刮目相看了。」

全班同學哄堂大笑，連雷恩修士也跟著笑了起來。羅花生也笑了。他很高興班上的緊張氣氛能夠稍微緩和。他注意到最近這些天，班上同學總是會對一些其實並不是那麼有趣的事情哈哈大笑，僅僅是因為他們需要轉移片刻的注意力，拖延點名的時刻，拖延得越久越好，最好拖過那個名字。每個人都知道，當傑瑞的名字被點到時候，會發生什麼樣的事。於是大家都用力大笑，彷彿這麼一來，就會忘記某些事情。

「方登？」

「十盒。」

突然蹦出的鼓掌聲來自雷恩修士。

「太棒了，方登。多麼堅定的三一精神，你把三一精神發揮得淋漓盡致！」

羅花生發現自己無法不去看傑瑞的臉。他的朋友此刻正僵直坐著，神情緊繃，指關節發白。這是巧克力義賣的第四天了，而每天早上傑瑞都會說「不要」，說的時候，他的眼睛直直看向前方，身體僵硬，態度堅決。有一瞬間。羅花生忘記了他自己的煩惱，想起昨天下午，當他們練完美式足球，要離開球場的時候，他試圖找傑瑞說話。但傑瑞拒絕了，「小羅，別管我！」他說：「我知道你想說什麼——不過，別管我。」

「帕門提爾？」

「六盒。」

接著，全班陷入緊張的氣氛中。下一個就要點到傑瑞了。羅花生聽見了一個詭異的聲音，就好像全班同學在同時刻一齊深吸了一口氣。

「雷諾？」

「沒有。」

停頓。你或許會以為現在雷恩修士應該已經習慣了這種情況，以為他會迅速跳過傑瑞．雷諾的名字。但是，每一天早上，他都會用充滿期盼的聲調，大聲唱誦著傑瑞的名字，然後等待傑瑞的拒絕。

「山度西？」

「三盒。」

羅花生吁出一口氣。其他同學也是。純屬意外地，他抬頭看見雷恩在紀錄山度西的成績時，手指發抖。羅花生心中興起了一種恐怖的感覺，彷彿末日審判即將降臨在他們所有人身上。

杜白．凱思柏邁著肥肥短短的腿，急急地穿梭於鄰近社區。對他來說，時間就是金錢。要不是他的腳踏車有一隻輪胎漏氣，他應該可以節省下許多時間去拜訪更多人家。其實他的輪胎不只漏氣，根本就不能用了，可是他沒有足夠的錢去買個新的輪胎。事實上，正因為他急需用錢，所以此刻杜白才會像瘋了似的，拚命在社區裡打轉，敲過一家又一家的門、按門鈴，挨家挨戶問他們要不要買巧克力。而且，賣巧克力這件事他必須偷偷摸摸進行，免得被他的父母親瞧見。雖然他父親恰好路過看見他的機會很小（這時候他父親應該正在雜貨店工作），可是他母親就不同了。她根本就得了汽車狂戀症，就像他父親說的，她完全沒辦法安靜待在家裡，只會成天開著車四處閒逛。

巧克力的重量，讓杜白的左手開始痠痛起來，他換了另一隻手提著這幾盒巧克力，也趁機拍了拍鼓脹的皮夾。他已經賣掉三盒巧克力，收到六塊美金，不過，光這一點錢，還是不夠的。他需要很多很多錢，而且很急。他一定得在今晚之前籌到更多錢，可是他剛剛去拜訪的那六戶人家，都沒有人願意買巧克力。他已經把每一分零用錢都省下來了，甚至昨天晚上他還從他老爸的錢包裡偷了一張捲皺、油膩的一元美鈔——他是趁他老爸喝得爛醉回家時偷的。他暗自發誓，會盡快把錢還給老爸，可是，他什麼時候才會有錢呢？杜白自己也不知道。

錢，錢，錢已經變成他生命中最迫切的需求了。錢和他對芮妲的愛。他把每一分零用錢都省下來，邀請她去看電影，並在看完電影後請她去喝飲料。每看一場電影就要花掉兩塊五毛美金，喝飲料又要五毛錢。偏偏他爸媽都不喜歡芮妲，害他每次都必須偷偷摸摸去跟她約會。就連打電話，也必須到歐西麵包店去打。她配你太老了，他媽媽說。但其實芮妲比他還小六個月。好吧，但是她看起來比較成熟，他媽媽說。其實他媽媽應該說，她看起很漂亮。芮妲實在太漂亮了，她把杜白迷得暈頭轉向，好像他的世界正陷入無止境的天搖地動中。夜裡上床時，光是想到她，杜白不用自慰就勃起了。如今她的生日就快到了，就是明天，他必須籌錢幫她買禮物。她看上了鎮上精品店櫥窗裡展示的一條項鍊，哇，那條項鍊真是燦爛耀眼，美得太恐怖了。用「恐怖」來形容，是因為它定價要十八塊九毛五美金，還不包括稅金。

「達令……」——芮妲從來不叫他的名字——「這是全世界我最想要的禮物了。」天啊，十八塊九毛五美金耶，再加上百分之三的稅金，也就是五毛七美金，杜白算過，總共要十九塊五毛二美金。

他知道他其實並不需要幫她買這麼昂貴的項鍊。她是這麼甜美的女孩，她愛的是他的人。每次他摟著她走在馬路上的時候，她的胸部就會摩擦著他的手臂，惹得他快著火了。當她第一次摩擦到他時，他還以為那是意外，慌忙彈開，連連跟她道歉，並拉開兩人身體之間的距離。然而，她卻一次又一次地貼過來——那天晚上他買了一對耳環送她——於是，他明白了，那不是意外。他瞬間感覺自己硬了，又同時覺得羞恥、尷尬、興奮、快樂，所有情緒同時湧上。他，杜白・凱思柏，可是快超重二十公斤的胖子耶（他老爸從不忘記提醒他這一點）。這樣的他，竟然有這麼美麗女生的胸部摩蹭著他。雖然芮妲的美不是他母親欣賞的那種，卻是那種野性成熟的美。她的臀部包裹在貼身的褪色牛仔褲裡，美麗的雙峰隨著身體款擺，在針織T恤底下波動。她才十四歲而已，他快十五歲了，他們兩人相愛，愛得天昏地暗，卻被金錢無情地拆散，他必須眼睜睜看著金錢把她帶走，讓她搭著公車回家，因為她家住在鎮上的另一邊，而他們必須等明天她生日的時候才能碰面。他計畫帶芮妲去紀念碑公園野餐，她會準備三明治，而他則會帶著那條項鍊——他知道甜蜜的喜悅正等待著他，而且在內心深處，他也明白，那條項鍊比世界上任何東西都重要……

就是這一切讓他此刻這麼著急，讓他奔走得滿頭大汗、上氣不接下氣，到處去按門鈴籌錢。

雖然他心底也明白，這一切最終將會為他帶來麻煩。等到巧克力義賣截止，他要從哪裡去找錢來付給學校呢?但，管它去死，等明天過後他再來煩惱吧!眼前最重要的是:籌錢，以及芮妲對他的愛。明天，說不定芮妲會願意讓他把手伸進她的T恤裡面。

他準備好最純真甜美的笑容，挑了一戶看來滿有錢的人家，按門鈴，希望有人出來開門。

那女人頂著一頭潮溼、扁平的頭髮出來應門，腳邊站著一個約莫兩或三歲的小孩拉著她的裙角。「巧克力?」她問，尖聲怪笑著，好像保羅．康沙福剛剛做了全世界最荒謬的提議。「你叫我買巧克力?」

她腳邊的那個小孩穿著一件看起來已經溼了、鬆垮垮的尿布，嘴裡還不停地叫著:「媽咪……媽咪……」而屋內某一處則傳來另一個小孩的嚎叫聲。

「這是義賣做善事，」保羅說:「三一高中發起的!」

保羅嗅到一股尿騷味。

「天哪，」那個女人說:「巧克力!」

「媽咪，媽咪……」小孩哭叫。

對於那些成天被困在家裡或廉價公寓裡照顧小孩、做家事的大人，保羅覺得他們很可憐。他想到自己的父母親，以及他們一無是處的生活——他父親每天晚上吃過晚餐之後就開始打瞌睡，而他的母親則一副很疲憊、很無聊的樣子。真是夠了，他們活著到底有什麼意義?他好想趕快逃離那個家。「你要出去幹麼？」每次他要出門他母親就會問他。他怎麼能告訴她說，他恨死這個家了，而且他覺得他的爸媽根本就是行屍走肉卻不自知，而且要不是有部電視，他們家裡根本就跟墳墓沒有兩樣！他說不出口，因為他還是愛他們的，萬一半夜房子著火了，他也會救他們，就算犧牲他的性命也沒關係。但是，老天啊，那個家真的會把人悶死——他們活著到底是為什麼？甚至他們都已經老得沒興趣做愛了，保羅不敢繼續想下去。他不敢去想他的父母親是不是還會……

「抱歉。」那個女人說，當著他的面把門關上，一面還搖頭驚嘆他竟然來推銷這種東西。

保羅呆立在門口，一時之間想不出來該怎麼辦。他今天下午的運氣很差，一盒巧克力都賣不出去。其實他很痛恨賣巧克力，就算他因此有藉口可以逃出家裡也一樣。所以他根本沒認真賣。他只是機械地做著這件事。

於是他站在公寓外面，思考著幾種可行的做法：不管他今天的運氣如何，仍然繼續去賣巧克力，或者乾脆回家。他穿過馬路，去按另一間公寓的門鈴。公寓有個好處，你可以一次跟五六戶人家推銷，雖然這種地方好像都會聞到尿騷味。

雷恩修士讓布萊恩．柯朗「自願」擔任這次巧克力義賣活動的會計。這表示說，他輪流檢視過了全班同學，最後用他那對水亮的眼睛盯著布萊恩，然後舉起手指說，voilà（套用法文老師阿伊米修士的話），意思是「就你啦，布萊恩你來當會計。」

布萊恩痛恨這個工作，因為他很怕雷恩修士，從來就猜不透雷恩下一步會怎麼做。布萊恩是十二年級的學生，他已經上了雷恩四年的課，包括選修和級任導師，可是他仍然很怕雷恩。這個老師讓他覺得難以預測，又同時覺得可以預測，個中的原因，布萊恩自己也覺得很困惑，因為他並不擅長心理分析。情況是這樣的：你永遠可以預期雷恩會做出難以預測的事情——這樣，是不是說明了雷恩同時是難以預測又可以預測的？雷恩超愛在課堂上臨時抽考——但他也會突然間大發慈悲，好幾個星期都不考試，或者在臨時抽考之後又把成績丟開不算。他最喜歡用通過／失敗的方式測驗學生——這是他最有名的考法——他會叫一個學生起來，用各式各樣的問題逼問他對或不對，而這些問題根本沒有標準答案。他還喜歡用教鞭威嚇學生，雖然他只會用來對付新生。如果他膽敢用教鞭這種東西來對付——舉例來說——約翰．卡特，那他可就吃不完兜著走了。但不是所有學生都是約翰．卡特，他可是守夜會的會長、美式足球校隊的明星後衛，兼拳擊社的社長。布萊恩．柯朗多麼希望自己能變成約翰．卡特啊！他寧可自己是肌肉男而不是四眼弱雞，寧可自己擅長拳擊，而不是算數字。

一想到數字，布萊恩．柯朗回神去計算巧克力義賣的銷售金額。一如往常的，呈報上來銷售數字和實際收到的金額總是不一致。這些學生們往往會把賣巧克力得來的錢先扣住，直到最後一分鐘才上繳。這現象很常見，沒啥好稀奇的——這是人性。很多學生都會先把賣巧克力拿到的錢先花掉，花在重要的約會啦，或者狂歡夜，直到他們拿到零用錢，或者拿到打工的薪水以後，再把錢補上。可是今年，雷恩修士盯得很緊，好像每一分錢都是救命錢似的。事實上，他已經把布萊恩．柯朗逼得快去跳樓了。

做為這次巧克力義賣活動的會計，布萊恩每天放學前都要去每間教室收錢，然後把當天學生繳來的錢算一遍，對帳清楚，紀錄下來，包括賣了多少盒巧克力、收到了多少錢。作好帳之後，布萊恩就會去雷恩修士的辦公室報到，跟雷恩報告總金額。接著雷恩就會走過來，再核對一次布萊恩的報告。很簡單，對吧？錯！今年雷恩修士盯這件事盯得很緊，他每天都要布萊恩去做報告，好像這是全世界最重要的頭條事件。布萊恩從沒見過雷恩這麼緊張，或者可以說，這麼神經兮兮。一開始，他還被雷恩的焦慮感嚇了一大跳——雷恩滿身大汗的樣子好像他身體內有個特殊的幫浦不斷地製造出那些汗水來。每次雷恩回到他的辦公室，脫掉黑外套時（這是學校規定修士們上課時一定要穿的，不管哪個季節），他黑色外套的腋下部位都是汗漬，彷彿剛在操場上跑了十圈似的。他煩躁不安地走來走去，一再核對布萊恩的報告，嘴裡咬著鉛筆，在地板上來回踱步。

今天，布萊恩更加困惑了。雷恩把一份銷售報告傳閱給各間教室，上面紀錄的總銷售金額是四千五百八十二元美金。這個數字根本不對。學生們賣掉了三千九百六十一盒巧克力，收到兩千八百七十一元美金。整個巧克力義賣的成績比去年要落後，獲利也是。他不明白雷恩為什麼要傳閱一份錯誤的銷售紀錄？難道他是要用這個方式來激勵士氣嗎？

布來恩聳聳肩，繼續投入他自己的計算中，再次把總金額複算一遍，以免讓雷恩有理由責怪他算術不正確。他絕對不想成為雷恩的敵人，這是他之所以毫不抗拒就接下這個會計工作的原因之一。布萊恩是雷恩代數課的學生，他一點也不希望雷恩逮著機會，叫他做額外的家庭作業，或者在某些考試裡讓他不及格。

布萊恩再一次核算所有學生賣巧克力的金額，他看見傑瑞·雷諾名字旁邊的空格寫著「零」。他咯咯笑了。這就是那位拒絕賣巧克力的新生啊。布萊恩搖搖頭——怎麼會有人反抗制度？怎麼會有人對抗雷恩修士啊？這個傢伙八成是瘋了！

「勒白朗？」

「六盒。」

「馬洛南？」

「三盒。」

停頓。吸氣。如今這一切已經變成了一齣戲——這個點名，這個在雷恩修士課堂中上演的緊張刺激時刻。就連羅花生也不由自主地被這緊繃的氣氛控制，雖然整個狀況讓他的胃非常不舒服。羅花生愛好和平，他痛恨衝突或者爭吵的場面。和平，請讓我們擁有和平吧。但是，這個早上，在雷恩修士的教室裡沒有和平，當他開始點名登記巧克力義賣的時候是沒有和平的。他緊繃地站在講台後面，水亮的眼睛在晨曦的映照下閃閃發亮，而傑瑞·雷諾一如往常，端坐在他的椅子上，臉上沒有半點表情，像根木頭似的，他的手肘擱在桌上。

「帕門提爾？」

「兩盒。」

來了——

「雷諾。」

「沒有。」

吐氣。

紅暈布滿雷恩的臉，彷彿他的血管全部變成鮮紅色的霓虹燈管。

「山度西？」

「兩盒。」

羅花生已經等不及鐘聲響起了。

第十五章

「嘿，亞奇。」愛彌兒．詹達叫住他。

「嗨，愛彌兒。」

「你還保留著那張照片嗎？」

「什麼照片？」亞奇忍住笑意。

「你知道是什麼照片。」

「喔，那張照片呀！是的，我還保留著那張照片。」

「我想你不考慮賣掉它吧，亞奇。」

「不賣，愛彌兒。話說回來，你幹麼想要那張照片呢？說真的，那張照片沒把你拍好。我的意思是說，你根本沒笑，表情也不好看。事實上，你的表情看起來是有點可笑，但你絕對不是在笑，愛彌兒。」

此刻，愛彌兒．詹達的臉上同樣也露出可笑的神情，而且同樣也不是在笑。如果不是亞奇，換了其他人，一定會被這個神情嚇住。

「你把那張照片藏在哪裡，亞奇？」

「它很安全，愛彌兒。很安全。」

「那好。」

亞奇思忖著，我該不該告訴他真相呢？他知道愛彌兒．詹達可以變成一個致命的敵人。反過來說，那張照片也可以當作一種武器來使用。

「告訴你吧，愛彌兒，」亞奇說，「也許哪一天你可以把照片拿回去。」

愛彌兒．詹達把手上的香菸拋向樹幹，並看著菸蒂反彈，飛入水溝中。他從口袋裡拿出一只菸盒來，發現裡面是空的，就把菸盒扔掉，看著它在人行道上被一陣風翻滾而去。愛彌兒．詹達對於維護美國的環境之美一點也不在乎。

「我要怎麼做才能拿回那張照片，亞奇？」

「這個嘛，你不需要付錢的，愛彌兒。」

「你是說，你會把它送給我？你一定有交換條件的，亞奇。」

「的確是有，愛彌兒。不過，時候未到，而且絕對難不倒你的。」

「那，等時候到了，你會讓我知道，是吧，亞奇？」愛彌兒問，發出他的招牌咯咯笑聲。

「你一定會是第一個知道的。」亞奇說。

他們的交談聲聽起來非常輕快，好像在開玩笑，可是亞奇知道，愛彌兒骨子裡是非常認真的。亞奇同時也知道，詹達很樂意趁他睡覺的時候將他殺掉，以便拿到那張照片。最最荒謬的是，根本就沒有那張照片存在。亞奇只是在一個偶然的情況下，充分利用了可笑的巧合。

當時的情況是這樣：有一天亞奇蹺課，他避開修士們，偷偷溜出走廊。在經過某個忘記關門的儲物櫃時，他瞄到裡面的掛鉤上掛著一部相機。亞奇順手拿走了那部相機。當然，他不算是小偷，只是打算把那部相機隨便丟在校園裡的某個角落，好讓那個失主──不管那人是誰──翻遍學校去把那部相機找出來。他走到男生廁所，打算躲進去抽根菸。亞奇打開其中一間廁所的門，結果愛彌兒．詹達正巧坐在裡面，褲子脫在地板上，一隻手激烈地在他的雙腿之間工作著。亞奇舉起相機，假裝拍了一張照片。他對著詹達大叫說，「抓好！」

「很帥喔！」亞奇嚷道。

詹達完全被嚇呆了，而且因為太吃驚，一時反應不過來。等到他終於回過神來，亞奇已經退回門口，準備好隨時開溜。

「快把相機給我！」詹達吼叫。

「如果你打算在廁所裡打手槍，就別忘記鎖門！」亞奇嘲弄說。

「鎖壞掉了，」愛彌兒回答，「每一間廁所的鎖都壞掉了。」

「喔，你別擔心，愛彌兒，我會好好保管你的祕密。」

此刻，詹達不再看著亞奇，他轉過身，看見一位九年級新生匆匆跑過街道，顯然是擔心上課要遲到了。通常你得要花了一兩年時間，才能琢磨出自己可以遲到多久。

「喂，菜鳥！」詹達大喊。

那個學生抬頭，看見是詹達時，他的臉一陣驚慌。

「你怕遲到了？」

那個學生吞了口水，點點頭。

「甭怕，菜鳥！」

最後一聲口哨響起，正好還剩四十五秒鐘就得到導師教室集合了。

「我的菸抽完了。」愛彌兒拍拍口袋說。

亞奇微笑著，他完全了解詹達將要玩什麼把戲。詹達一直認為自己有資格申請加入「守夜會」，而且也一直找機會在亞奇面前展現。

「我現在希望你，小鬼，跑去商店幫我買一包香菸。」

「可是我身上沒有錢。」那個男孩說，「而且我上課快要遲到了。」

「生命就這樣嘍，小鬼。遊戲規則就這麼訂的，誰叫我是天你是地呢。如果你沒錢，那就去偷啊，不然去借也可以。中午的時候拿香菸來給我，任何牌子的都行。愛彌兒．詹達可不是讓你可以隨便打發的。」他亮出自己的名號來，好讓那個新生知道是在跟誰打交道，也預防他沒聽說過愛彌兒．詹達的事蹟。

亞奇繼續逗留，知道自己會因為遲到而招來老師白眼，不過他這時完全被詹達迷住了，一個跟他同樣殘酷、惡劣的人。這世界有兩種人——一種是被害者，一種是加害者。不用懷疑詹達被歸類到哪種人，同樣的，也不用懷疑他自己是哪種人。而眼前的這個小鬼是哪種人也很清楚，他轉身離去的時候，臉頰上還掛著兩行眼淚。

「他身上有帶錢，亞奇。」愛彌兒說，「你料到了沒，他身上明明有錢，卻膽敢說謊。」

「我敢打賭，你大概經常把老太太從樓梯上踢下樓去，而且會在大馬路上踹那些行動不便的人。」亞奇說。

詹達咯咯笑了起來。

那個咯咯笑聲讓亞奇身上起了一陣惡寒，他想到自己同樣也可能會傷害一些小老太婆，以及行動不便的人。

第十六章

「這個成績很難看，卡羅尼。」

「我知道，我知道。」

「你一直都是這麼傑出的學生。」

「謝謝你，雷恩修士。」

「你其他科目的成績怎麼樣？」

「不錯，修士，很不錯。事實上，我想……我的意思是說，這學期我努力要拿到好成績，可是現在，這個分數F……」

「我懂，」老師說，哀傷地搖搖頭，帶著憐憫。

卡羅尼困惑了。在他的一生中，從未拿過F，事實上，他鮮少拿到低於A以下的成績。之前就讀於聖猶大中學的時候，他在七年級和八年級兩學年中幾乎拿到全A的成績，只有其中一個學期有一個科目拿到B^{+}。後來他進入三一高中時，入學考試的成績非常高，還因此獲頒了三一高中一筆難得的獎學金——學費贊助金一百美金，他的照片並刊登在校刊上。如今他竟然拿到F這種可怕的不及格分數，雖然這只不過是一個小考，結果卻可能變成夢魔。

「你拿到F，我也嚇了一跳。」雷恩修士說，「因為你是這麼優秀的學生，大衛。」

突如其來的讚美，讓大衛．卡羅尼抬起頭，滿心疑惑，也充滿希望。雷恩修士很少叫學生的名字。他一向跟學生保持距離。「師生之間永遠有一條看不見的界線。」他總是這麼說，「那是不可踰越的。」可現在，聽見他用友善的態度說出「大衛」這名字，而且聲調聽起來如此溫和，充滿諒解，卡羅尼的心裡浮現期待——但是，又能期待什麼？難道這個F有可能是打錯分數了嗎？

「這次考試很難，原因有幾個，」老師繼續說，「其中之一是你在解釋事實的時候犯了微妙的錯誤，這個微妙的錯誤，決定了你失敗而不是通過。事實上，這場考試本身就是一個通過／失敗的測驗。當我批改你的考卷時，大衛，我有一刻覺得你也許可以通過。從好幾個層面來說，你的假設是正確的；不過，若是從另外幾個層面來看嘛……」他尾音拉長，好像墜入了深思與矛盾掙扎中。

卡羅尼等待著。屋外傳來喇叭聲，那是學校巴士要開車了。他想到爸爸媽媽，當他們知道他拿到F時，會說什麼呢？這次小考成績會把他的學期總平均拉下來——即使其他科目都拿到A，恐怕還是很難挽救這個F。

「有一件事是學生很難明白的，大衛。」雷恩修士繼續說，他的音調輕柔、親密，好像全世界只剩下他們兩人存在，好像此刻他跟大衛說話的方式，是他從來不曾跟世上其他人有過的，「有一件事是學生們始終不明白的，那就是，老師也是人，就跟其他人一樣。」雷恩修士笑了，好像他說了個笑話。卡羅尼也努力擠出了一抹小小的微笑，雖然他有點不確定是否該笑，他不希望自己犯了錯誤。教室裡突然變得好熱，而且似乎很擁擠，儘管這時只有他們兩個人在教室裡。「是啊，是啊，我們都是凡夫俗子，我們的日子有時候好，有時候過得不好。我們常常會被搞得很累，我們的判斷有時失準。我們有時候會——就像學生們常說的——秀逗。甚至有時候，我們會不小心改錯考卷，特別是當考卷上的答案不是那麼明確，不那麼黑白分明、說一不二的時候……」

卡羅尼此刻完全豎起耳朵，全神貫注地聽著每個字——雷恩修士是在暗示說……？他機靈地看著雷恩修士。眼前老師的容貌神情跟往常一樣——他水亮的眼睛老是讓卡羅尼想起洋蔥，他蒼白濡溼的皮膚、冰冷的談話，總讓人感覺很壓抑。他手裡拿著一根白色粉筆，很像是一支香菸。也或許像是一支縮小的教鞭。

「大衛，你可曾聽過一位老師跟你坦承說，他可能犯了一個錯？你以前聽過嗎？」雷恩修士問，大笑著。

「聽起來就像一個裁判說他判錯了。」卡羅尼說，試著融入老師的玩笑話中，可是他也不知道為什麼開玩笑，為什麼老師要聊起「錯誤」這個話題。

「是啊，是啊。」雷恩同意。「沒有人不犯錯的，這一點很容易了解。我們都有我們的職責必須履行。校長現在人還待在醫院裡，我必須代行他的職務，而且我將此視為莫大的殊榮。除此之外，學校還有許多額外的教務要推展，譬如說，巧克力義賣活動……」

雷恩修士的手指緊緊捏著粉筆。卡羅尼注意到，雷恩的指節幾乎跟粉筆同樣白了。他等待著老師繼續說，可是接下來卻一陣沈默。卡羅尼注視著雷恩手上的粉筆，他用五根手指捏著那根粉筆、轉動它的樣子，儼然像一隻蒼白的蜘蛛正用腳抓住牠的受害者。

「可是這一切都是值得的。」雷恩繼續說。他怎麼有辦法用這麼冷靜的聲音說話，而同時手指卻這麼用力捏著粉筆？甚至他手指上的青筋都暴凸了，彷彿就快衝破皮膚，噴出血來了。

「值得？」卡羅尼一時之間有點抓不到雷恩的思緒脈絡。

「巧克力義賣。」雷恩說。

粉筆在他的手中折斷了。

「舉例來說，」雷恩說，拋開斷裂的粉筆塊，打開帳本。如今三一高中每個人都已經很熟悉這本帳本了，那裡面記載了巧克力義賣每天的業績。「讓我看看——大衛，你的義賣成績很不錯，賣出了十八盒巧克力。好，很好。你不但課業成績優秀，而且秉持三一精神。」

卡羅尼開心得漲紅了臉——他對於讚美向來無法抵抗，儘管此刻他實在被搞糊塗了。雷恩這一席談話，把他弄得糊裡糊塗，先是關於考試的事，然後談到老師也會有疲累的時候，以至於難免犯錯，現在又提到巧克力義賣……還有那兩節斷裂的粉筆就被丟棄在桌子上，宛如白色的骨頭，死人的骨頭。

「如果每個人都能像你一樣，盡好自己的本分，大衛，義賣一定可以立刻成功的。當然啦，不是每個人都像你一樣秉持三一精神，大衛……」

卡羅尼不太確定是什麼原因讓自己吐露實情，也許是雷恩修士的談話就停頓在這個關鍵點上，也許是整場談話，這一切感覺起來多少有點不尋常。也或者是因為雷恩手裡的那根粉筆，他竟然可以一面冷靜輕鬆地談話，一面用力掐斷粉筆——到底哪一部分是假的？是掐粉筆掐得那麼焦慮緊繃的手指嗎？還是那個冷靜輕鬆的聲音？

「就拿雷諾來說好了。」雷恩修士繼續說，「他的行為很好笑，不是嗎？」

卡羅尼知道答案了。他發現自己正注視著雷恩水亮的眼睛，瞬間領悟到雷恩這一席談話目的何在了，也明白了雷恩修士在做什麼，為什麼會在放學以後把他留下來談話。卡羅尼突然覺得頭痛起來，就在右眼上方的位置，痛得讓他的肌肉抽搐——偏頭痛。他的胃也突然間絞痛起來。到頭來，教師們真的像平常人一樣嗎？教師真的會像你在書上讀到，或在電視電影裡看到的惡棍那麼邪惡墮落？他一直很崇拜老師，也希望將來有一天當老師，只要他能克服他的害羞。可如今——如今發現的這一切。疼痛越來越劇烈，疼痛襲擊他的額頭。

「事實上，我有點擔心雷諾。」雷恩修士說，「不知道他是不是遇到了什麼麻煩？」

「我想應該是。」卡羅尼說，感覺自己陷入泥淖，不確定自己做得對不對，也不知道雷恩究竟要什麼。他每天在課堂上看著雷恩點名登錄銷售成績，也看見傑瑞·雷諾拒絕賣巧克力時，雷恩像是氣球洩了氣似的。這件事已經逐漸變成同學之間的惡作劇了。基本上，卡羅尼自己不喜歡傑瑞·雷諾這麼做。他知道，沒有一個同學喜歡雷恩修士，可是他現在了解到，雷恩修士也是個受害者。雷恩現在一定急得快跳牆了，卡羅尼想道。

「好吧，大衛。」

突然聽見自己的名字在空曠的教室裡迴盪，卡羅尼嚇了一跳。他思忖著，不知道他的儲物櫃裡還有沒有阿司匹靈。忘了阿司匹靈，也忘了頭痛吧。現在他明白怎樣可以得分，也明白了雷恩想聽見的事情。等等，他真的確定嗎？

「說到傑瑞．雷諾……」卡羅尼說——這是個安全的開場白，萬一風向不對，他隨時可以抽腿，就看雷恩的反應是什麼。

「嗯？」

雷恩的手再度拿起一根粉筆，而那聲「嗯？」來得又急又尖銳，太急切了，顯得答案很清楚。卡羅尼發現自己陷入兩難的抉擇，而頭痛還是沒好。如果他告訴雷恩想知道的答案，是不是就可以輕鬆地抹銷這一次的F？拿到F有很糟嗎？從另一方面來說，一個F也可能會毀了他的大好前程，特別是，雷恩也許會繼續不斷給他F。這一來他怎麼辦？

「雷諾之所以做出這麼可笑的行為，」卡羅尼聽見他自己說著。而本能促使他繼續補充道：「我想您能夠明白這是怎麼回事，雷恩修士，那是因為守夜會。那個任務……」

「喔，當然，當然。」雷恩說著，坐回位子上去，任由粉筆從他的手中輕輕滑落。

「那是守夜會恐嚇他這麼做的。他們要求他必須拒絕賣巧克力十天，十個上課天，然後才能接受它。天哪，守夜會的那些傢伙。他們實在太過分了，不是嗎？」他頭痛得快炸掉了，胃也翻滾得像在暈船。

「壞胚子就是壞胚子。」雷恩點點頭說著，他的聲音低得像耳語──從他的反應看不出來他究竟是驚訝還是鬆了一口氣？「當然，最要緊的還是要體會三一精神。可憐的雷諾。你還記得吧，卡羅尼，我就說他一定是遇到了什麼麻煩事了。真是可怕，強迫一個孩子陷入這種處境當中，逼他做他不願意做的事。不過，事情就快過去了，不是嗎？十天──十天就快到了，讓我想想看，就是明天了嘛！」他這時露出微笑，開心地，滔滔不絕地說著，好像說什麼都無所謂，只要有說就行了；好像那些話語本身就是救命的安全閥。然後，卡羅尼突然了解了，雷恩修士這次是叫他的姓，而沒稱呼他大衛……

「好吧，我想就是這樣，」雷恩修士說著，站起身來，「我也耽擱你太久的時間了，卡羅尼。」

「雷恩修士，」卡羅尼說。他不能在這個節骨眼被斥退，「你說要討論我的成績……」

「喔，對對，沒錯。你那個『F』。」

卡羅尼感覺末日審判降臨，但還是硬著頭皮說，「你剛剛說，老師們有時候也會犯錯，他們很疲累……」

雷恩修士此刻已經站立著，「這樣吧，卡羅尼，在這個學期末，要把成績單交出去之前，我會重新審閱這個特別的考試。說不定我會更改分數。也許我會在你的答案裡重新發現表面上不太明顯的優點……」

現在輪到卡羅尼覺得鬆了一口氣，不再那麼緊繃了，雖然頭痛依然像鐵鎚敲擊著他的額頭，而胃部也仍然覺得噁心。但不管如何，比這一切都更糟糕的是，他竟然被雷恩修士勒索了。如果教師們都會幹這種事情，那這世界究竟會變成什麼樣子？

「話說回來，卡羅尼，或許那個『F』還是會保留著，」雷恩修士說，「這就要看……」

「我了解，雷恩修士。」卡羅尼說。

他的確明白──生命實在爛透了，說真的，這世界沒有英雄，你不能信賴任何人，包括你自己。

他最好盡快遠離這個地方，免得他吐在雷恩修士的桌子上。

第十七章

「艾達莫？」

「三盒。」

「波維？」

「五盒。」

羅花生已經等不及這個點名鬧劇結束了。或者該說，等不及點名到傑瑞．雷諾。就像其他人一樣，羅花生最後終於搞懂了，傑瑞是在執行守夜會的任務——這就是為什麼他日復一日拒絕賣巧克力，這就是為什麼他不想跟羅花生討論這件事。但今天，傑瑞已經可以做回他自己了，可以重新做人了。他在美式足球隊已經夠辛苦了。「你該死的怎麼回事，雷諾？」昨天教練厭惡地對他大吼，「你到底想不想打球啊？」而傑瑞回答說，「我現在就在打球。」隊上所有人都明白他的雙關語是什麼意思，因為現在學校裡每個人都知道他了。他只跟羅花生簡短交談過那個任務——事實上，也不算是交談。昨天在練完球要離開的時候，羅花生悄悄問他，「任務什麼時候結束？」而傑瑞回答，「明天我就會領取巧克力。」

「哈特尼？」

「一盒。」

「你可以做得更好的，哈特尼。」雷恩說，但並未生氣，甚至聲音中也沒有任何失望的情緒。雷恩修士今天的心情很愉快，而這一愉快的氣氛瀰漫著整間教室。這就是雷恩上課的風格——由他來決定教室裡的氣氛和溫度。當雷恩快樂的時候，每個人都快樂；當他受苦的時候，全班也會陷入苦難。

「強森？」

「五盒。」

「好好好。」

齊拉利亞……勒白朗……馬洛南……點名繼續進行，每個人大聲說出他們賣出的巧克力盒數，而教師就在他們名字旁邊寫下數字。雷恩唱名的聲音和學生回答的聲音，聽起來宛若一首抑揚頓挫的曲子，課堂的主題曲。然後雷恩喊出「帕門堤爾」。空氣中開始形成緊張的氣氛。帕門堤爾可以隨便喊出任何數目而沒有人會認真聽，他的銷售數目對於大家來說一點也不重要，因為在他後面就輪到雷諾。

「三盒。」帕門堤爾大聲回答。

「好。」雷恩修士回答，在名字上打了個勾，然後他抬起頭，大聲叫：「雷諾。」

停頓。死寂般的停頓。

「不要！」

羅花生感覺自己的眼睛變成了電視攝影機的鏡頭，正在拍攝某部紀錄片。他的視線轉到傑瑞的方向，看見他朋友的臉色蒼白，嘴巴半張著，雙臂垂掛在身體兩側。然後他切換鏡頭到雷恩修士這邊，發現雷恩臉上一片錯愕，嘴巴震驚地張開，形成一個O型。兩人神情相似，彷若鏡中的對影。

最後，雷恩修士低下頭去。

「雷諾，」他再次說，聲音好像鞭子。

「不，我不打算賣巧克力。」

城鎮倒塌。地球裂開。星球傾斜。星星殞落。整個宇宙掉入恐怖的寂靜中。

第十八章

你為什麼這麼做？

我不知道。

你是不是瘋了？

或許我是吧。

你那麼做實在很瘋狂。

我知道，我知道。

「不要」這兩個字竟然就這麼從你的嘴巴裡衝出來，到底是為什麼？

我不知道。

這場對話很像是在盤問，差別只在於訊問官和嫌疑犯都是他；他既是強悍的警察也是雙手被綁的犯人，彷彿黑暗裡有道強光將他釘入一個小光圈中。當然，這一場訊問只發生在他自己的腦海中，而他的人則好好地躺在自己的床上，被床單包裹著，就像一具裹著屍布的屍體，透不過氣來。

他突然一陣恐慌，彷彿得了幽閉恐懼症，或者快被活埋了，他拚命揮打著床單。發覺自己快要窒息了，他趕緊翻過身去，繼續跟床單奮戰著。他的枕頭從床上掉落，撞擊地板，發出一聲沈悶的響聲，就像一個小嬰兒掉下去一樣。他想起他死去母親躺在棺木中的模樣。死亡，是在什麼時候來臨的？他曾經讀過一篇關於心臟移植的雜誌報導說，就連醫生也無法確認死亡確切的時間。

你聽好，他跟自己說，現在已經不會再有人被活埋了，不會像古時候的木乃伊，死了以後被塗抹上香油膏之類的東西。現在的做法是，將你全身的血液抽出來，然後注射入化學物質之類的東西，以確認你真的死了。不過，假設——我們只是假設——如果你腦中仍然有一小塊部位活著，而且可以感覺到所有發生的一切。他想到他母親。他自己，總有一天。

他恐懼地跳起來，掀開床單，滿身大汗。他坐在床沿，全身顫抖。然後他的腳碰觸地板，冰涼的亞麻地毯讓他瞬間回到現實，快被悶死的恐怖感消失了。他穿過暗黑的房間走到窗邊，將窗簾布掀起來。起風了，風將十月的樹葉撒落滿地，就像是遭受厄運而癱瘓的小鳥。

你為什麼要這麼做呢？

我不知道。

彷彿跳針的唱片不斷重複。

是因為雷恩修士對待大家的方式嗎？譬如說貝利的例子？是因為他虐待大家，公然羞辱每個人嗎？

不只這樣。不只這樣。

那是怎樣呢?

他鬆手讓窗簾布恢復原狀,轉過身來審視臥室,瞇著眼睛以適應昏暗的光線。他走回床邊去,因半夜特有的寒冷而發抖。他聆聽著夜裡的聲響。他父親在隔壁房間裡發出鼾聲。屋外有一輛汽車催緊油門快速駛過。他也好想奔上街頭,奔向某個地方去,任何地方都好。我不打算賣巧克力。我的老天啊!

當然他不是故意這麼做的。原本他很高興那個可怕的任務已經結束了,他終於可以回歸正常生活了。每天早上,他坐在那裡聽點名的時候都嚇得要死,因為他必須面對雷恩修士,說出「不要」,並看著雷恩的反應——他觀看老師如何熬過他的公然反叛,他裝出冷漠無聊、目空一切的樣子。偽裝,卻又必須很明顯,多麼虛偽啊!當他看著雷恩點名,等待自己的名字出現,那種感覺既可笑又恐怖,然後等到他的名字終於劃破空氣,以及他發出那句抗命的「不要」。

而老師本來也可以從容應對,只除了眼睛。雷恩的眼睛背叛了他。他的臉總是控制得很冷靜,但他的眼睛卻洩露出他的脆弱,讓傑瑞瞥見了老師內心的煎熬。那對水亮的眼睛,死白的眼球和淡藍的瞳孔,那對眼睛反映出他對教室裡所發生一切的反應。當傑瑞發現了隱藏在雷恩修士雙眼裡的祕密之後,他開始留意雷恩每一次的反應,雷恩眼中洩漏的訊息。不久,他又變得厭煩,厭煩了觀看老師的眼睛,對這一場意志力的對抗覺得很噁心,因為傑瑞知道他根本毫無選擇。

殘酷的現實讓傑瑞覺得很噁心。那個任務——傑瑞在幾天之後發現——本質上是殘酷的。儘管亞奇．柯斯特洛堅持說，這個任務只是個噱頭，讓大家的情緒有所發洩。傑瑞後來也是這麼期待的，他後來開始等不及任務結束，渴望快點結束他和雷恩修士之間這場沈默的戰爭。他希望他的生活趕快恢復正常——美式足球，甚至家庭作業，不再有沈重的負擔每天壓著他。他也覺得被別的學生孤立在外，因為他必須扛下的祕密而被孤立。有好幾次他都有股衝動想跟羅花生坦白。事實上，當那次羅花生試圖跟他聊的時候，他也幾乎要說出口了，但最終他還是沒說。整整兩個星期，他始終保守著祕密，完美地執行完任務。

有一天下午，當他練完美式足球之後，他在中庭遇見了雷恩修士，他看見了老師眼中閃露的恨意。甚至不只是恨意，是某種病態的東西。那讓傑瑞感覺自己很污穢，很髒，彷彿他必須立刻去告解，洗滌自己的靈魂。當時他跟自己說：等我同意義賣巧克力的時候，雷恩修士就會明白了，我其實只是在執行守夜會的任務，而一切就會好轉的。

既然這樣，那今天早上他怎麼又會開口說不要呢？他原本是打算結束這場磨難的——到底為什麼那個可怕的「不要」竟然會從他的嘴巴裡說出來？

傑瑞再度躺回床上，一動也不動，試著讓自己入睡。他聽著父親發出的鼾聲，忽然想到了，他父親其實是在睡眠中度過人生，即連他清醒時也仍在睡夢中，並不是真正活著。那我又如何？那天在廣場上那個傢伙是怎麼說的？那時那個傢伙的下巴抵在福斯汽車上，容貌是不是有點像詭異變形的施洗約翰？你已經錯過這世界上很多事情了。

他翻過身，把困惑拋到腦後，試圖想著另外一天他在鎮上看見的那個女孩。她的汗衫凹凸有致得多麼美麗，她的學校課本就壓在圓弧的胸上。多希望我的手變成那些書啊，他渴望地想著。他的手握在雙腿之間，專心想著那個女孩。只要這一次就好。這樣不好，不好。

第十九章

隔天早上，傑瑞發現了宿醉的滋味。他的眼睛因為缺少睡眠而紅腫刺痛，他的頭也像被槌子陣陣敲打著。他的胃敏感地察覺任何輕微的震動，更別提公車晃動造成的效果。這讓他想起了小時候他也經常暈車，每次爸媽帶他去海邊玩的時候，必須經常把車子停下來，讓他嘔吐，或者等他反胃的症狀過去。對傑瑞來說，更糟糕的是，今天早上地理課可能會有小考，而他昨天晚上根本沒唸書，只是一直擔憂著雷恩課堂上會發生什麼，以及巧克力義賣的事。此刻，他正為睡眠不足、沒唸書而付出慘痛的代價——在搖晃的公車上，努力為即將到來的地理課小考抱佛腳，偏偏早晨明亮的陽光映在課本的白紙上，閃得他的眼睛更痛。

有人坐到他旁邊的座位上。

「嘿，雷諾，你可真帶種。」

傑瑞抬起頭來，有那麼一瞬間他的眼睛拚命眨著，努力調整被白紙黑字閃到的視線，轉換到那個正跟他說話的男孩臉上。他不太認得這個人——好像是一個高年級學生。男孩點起香菸，雖然車上掛著「禁止抽菸」的告示，但仍阻止不了老菸槍的。他搖著頭說，「哇，你可讓雷恩那個大混蛋踢到鐵板了。帥啊！」他吐了一口菸，傑瑞的眼睛被薰得好痛。

「喔。」他說，覺得好蠢，也很驚訝。真好笑，從頭到尾他一直把這件事當成他和雷恩修士之間的私人戰爭，彷彿他們兩人單獨在一個孤寂的星球上決鬥。如今他才明白，情況沒那麼單純。

「我已經煩透了販賣那些他媽的巧克力，」那個男生說。他的臉上滿是青春痘，看起來很像一幅立體浮雕。而且他的手指上有著尼古丁的黃漬。「我已經在三一待了兩年，我九年級的時候從紀念碑高中轉學過來的。我實在煩死了一直在賣東西。」他試著吐出一個煙圈，但失敗了。更糟的是，那團煙霧飄向傑瑞的臉，刺痛了他的眼睛。「賣完了巧克力，還有聖誕卡。賣完聖誕卡，還有手工肥皂。一年四季都有賣不完的東西。可是你知道嗎？」

「什麼？」傑瑞問，希望能盡快回去K地理。

「我從沒想過要拒絕，就像你一樣。」

「我得準備功課了。」傑瑞說，實在不知道自己該說什麼才好。

「哇嗚，你可真酷耶，知道嗎？」這個男孩崇拜地說。

傑瑞不由得漲紅了臉，心裡有點開心。誰不喜歡被崇拜呢？但同時他也覺得罪惡感，心底明白他只是因為錯誤的假象才讓男孩崇拜，他其實並不是真的酷，他一點也不酷。他的頭乒乓作響，他的胃絞痛不已。他知道，他還得面對雷恩修士，以及今天早上的點名。今後的每一天早上他都得要面對。

羅花生站在校門口等傑瑞。他站在成群準備上課的學生中，既緊張又焦慮，宛如即將被槍決的囚犯，在槍響之前抽最後一口菸。羅花生把傑瑞拉到一旁去，傑瑞充滿罪惡感地跟著他。眼前這個羅花生，已經不是他開學第一天認識的那種無憂無慮、樂天派的人。到底發生什麼事了？這段時間以來，傑瑞一直困在自己的煩惱中，並沒有花時間關心過小羅。

「老天爺！傑瑞，你為什麼這麼做？」羅花生問，他把傑瑞拉離人群。

「我做了什麼？」

但他知道羅花生指的是什麼。

「巧克力。」

「我不知道，小羅。」傑瑞說。他沒法像在公車上唬那個男孩子一樣唬羅花生，而且唬也沒用。「我說的是實話——我真的不知道。」

「你這是在自討苦吃，傑瑞。雷恩修士你惹不起。」

「聽著，小羅，」傑瑞說，希望能安撫他的朋友，將他臉上的煩憂撫去，「這又不是什麼世界末日。學校裡有四百個學生會去義賣巧克力，差我一個又不會怎樣。」

「這件事沒那麼單純。雷恩修士不會放過你的。」

預警的鐘聲響起。大門邊一堆香菸都被丟進水溝裡，或被捺熄在花台的泥土裡，許多人戀戀不捨地吐出最後一口菸。另外還有一些坐在轎車裡聽搖滾樂的學生，也把收音機關掉，碰地關上身後的車門。

「做得不錯喲！」有個人說，匆匆經過時在傑瑞的屁股上拍了一下，這是三一高中的傳統，不過，傑瑞並沒有看清楚是誰做的。

「繼續加油！傑瑞。」這個，是耳語，來自艾達莫，他對雷恩幾乎是深惡痛絕。

「你看流言傳真快?!」羅花生嘶啞著說，「哪樣東西比較重要？——美式足球、成績，還是那個差勁的巧克力義賣？」

鐘聲再度響起。這表示你還有兩分鐘時間可以關上你的儲物櫃，衝進你的導師教室裡去。

一個名叫賓生的十二年級學生走近他們。對新生來說，高年級學長意味著麻煩，因此最好不要被他們注意到。可是賓生很明顯是朝他們的方向走過來。他是個瘋子，以毫無忌憚出名。他對於校規根本不放在眼裡。

當他靠近傑瑞和羅花生時，開始模仿起吉米．賈克奈⓮的招牌動作——甩袖子、聳肩膀。「嗨，你們好。我不行……我不行換成你……我不行我換成你，天哪，換作我是你……」他好玩地捶擊傑瑞的手臂。

「賓生，你根本做不成他。」有人對他大喊，而賓生已經跳著舞步離開。現在換成山米．岱維斯靠近，他嘴巴咧得大大的，腳上踩著踢躂舞步，身體旋轉。

羅花生一面走上樓梯，一面說：「幫幫忙，傑瑞，你今天就答應賣巧克力吧！」

「我不行，小羅。」

「為什麼不行？」

「我就是不行。我現在已經陷進去了。」

「去他媽的守夜會。」羅花生說。

在這之前傑瑞從沒聽過羅花生罵髒話。羅花生一直是脾氣很溫和的人，凡事逆來順受、有點懶散、無憂無慮的，遇到衝突的場面時，別人會很憤怒，但羅花生總是避開。

「和守夜會沒有關係，小羅。現在和守夜會無關了，是我自己的緣故。」

「好吧！」羅花生說，放棄了，他知道現在繼續爭論這件事也沒有用。傑瑞突然覺得很難受，因為羅花生的神情是那麼不安，宛如一個老人身上肩負著全世界的苦難，他瘦削的臉龐垮了下來，而且憔悴鬱卒，他的眼窩凹陷，彷彿從一場惡夢中驚醒，而且無法把夢中的情景忘掉。

傑瑞打開他的儲物櫃。上學第一天，傑瑞就在門後貼了一張海報。那張海報的背景是綿延的海灘和廣闊的天空，遠處天邊閃耀著一顆孤星，而一個男人走在那片海灘上。相較於廣闊無邊際的背景來說，男人孤寂的身影顯得渺小。在海報的底端，印著一行字：我敢不敢撼動這宇宙？這是艾略特的句子⑮，以前傑瑞在英文課中讀過他的詩集《荒原》。傑瑞不太確定海報上這句話的意思，不過，這句話很奇妙地震撼了他。用海報來裝飾儲物櫃，是三一高中學生的傳統，而傑瑞選擇了這張海報。

---

⑭ 吉米是詹姆斯．賈克奈 (James Cagney, 1899~1986) 的小名，他是美國著名演員，擅長扮演反派，一九四二年以《勝利之歌》(Yankee Doodle Dand) 獲得第十五屆奧斯卡金像獎影帝。

⑮ 出自艾略特的詩〈J．阿爾弗雷德．普魯弗克的情詩〉(The Love Song of J. Alfred Prufrock)。

了。

此刻他無暇繼續深思這張海報的意涵。最後一道鐘聲響起，他只剩下三十秒鐘可以衝進教室了。

「三盒。」

「波維？」

「兩盒。」

「艾達莫？」

今天的點名不太一樣，聲音唱和的旋律改變了，節奏也不同，彷彿雷恩修士是指揮，而全班同學是人聲管絃樂團，但偏偏拍子凸槌了，整個演奏過程也不知哪裡不對勁，好像樂隊沒聽從指揮的領導，自行控制了演奏的速度。不等雷恩修士叫完名字、在帳簿上做記號，他們就搶拍回答了。這種情況有點像是課堂上的即興遊戲，沒經過事先串謀，每位同學自動加入突發的共謀關係裡。同學們快速地應答，逼得雷恩修士忙碌地埋頭記著，他的頭低垂，鉛筆急忙書寫著。傑瑞很高興不用看著那雙溼亮的眼睛。

「勒白朗？」

「一盒。」

「馬洛南？」

「兩盒。」

名字與數字在空氣中滋滋交響，傑瑞開始注意到一件奇怪的事，今天幾乎都是一盒兩盒，偶爾才有三盒，但沒有五盒、十盒的。雷恩修士的頭依舊低垂，專注地寫著帳本。最後——

「雷諾。」

其實那真的非常非常簡單。真的，只要大聲說「好」，只要說：「雷恩修士，給我巧克力吧，我願意去賣。」這麼簡單，就跟其他人一樣，不必每天早上跟那雙可怕的眼睛對抗。雷恩修士終於抬起頭來。唱名的旋律中斷了。

「不要。」傑瑞說。

一陣憂傷襲向他，如此深沈、穿透骨髓的憂傷，將他帶入孤寂荒漠中，他就像一位船難的倖存者，被海浪拋擲上岸，孤零零地置身於滿是陌生人的世界中。

第二十章

「在這段歷史中，人類開始深入認識他周圍的環境……」

突然，一陣大混亂。整間教室陷入狂亂的行動裡。賈寂思修士被眼前的景象嚇呆了。所有男生從椅子上跳起來，開始瘋狂地跳起吉格舞⑯，不斷跳上跳下，彷彿人人都被一首聽不見的旋律控制，隨著無聲樂音的節拍急亂舞動——當然，學生們跺腳時會發生聲音，而且很吵——然後，學生們又突然坐下，面無表情，好像一切都不曾發生。

歐比壞心眼地看著教師，賈寂思修士顯然被弄糊塗了。弄糊塗？開玩笑，他見鬼的根本就快要崩潰了。這個儀式已經持續一個星期了，如今它還在繼續進行中，除非暗語不再出現。往往上課到一半時，整班同學會突然陷入莫名的騷動中，每個人拚命揮舞雙手，死命跺腳，搞得可憐的賈寂思修士都快瘋了。當然，賈寂思修士很容易被搞瘋的，他是新來的教師，很年輕、很敏感——簡直是砧板上肥美的肉，可以任由亞奇宰割。而且他顯然不知道該拿這種情形怎麼辦，於是決定乾脆不處理。他大概是想，這一切總歸會過去的，所以幹麼浪費力氣去做無望的處置，反正這很明顯是惡作劇。要不然，還可能是什麼？

真可笑！歐比想道，為什麼所有的人——包括老師和學生——都猜得出這是守夜會策劃或執行的把戲，但大家就是沈默，沒有人願意公開承認守夜會的存在？他疑惑這到底是為什麼。歐比參與過非常多次守夜會的任務，多到連歐比自己都懶得計算到底有多少件。他只是一直訝異，為什麼他們始終逍遙法外、沒被學校修理？事實上，他已經很厭煩這些任務了，他厭倦了擔任亞奇的保姆與引爆炸彈的人。他也煩透了當救火隊，確保某些任務能按計畫和進度進行，以便維持亞奇的不敗名聲。就拿十九號教室那件任務來說好了，他那天晚上就必須潛入那裡，協助羅花生那個小鬼把那間教室破壞掉——他必須做諸如此類的事情，好讓亞奇和守夜會顯得很厲害。就連眼前這個任務，也跟他有關——如果賈寂思修士沒提到暗語，那麼歐比就得設法將那句暗語塞進他的嘴巴裡。

這個暗語，就是「環境」兩字。在宣布這個任務的時候，亞奇就說了，「當今世界非常關心生態，環境是我們的自然資源，生活在三一高中的我們，也應該關心跟環境有關的事。大家懂嗎？」他指示十二年級B班的十四位學生（歐比也是其中之一）「必須執行我們的環境競賽。就以賈寂思修士的歷史課為目標吧——歷史必須關心環境，不是嗎？從今天開始，只要賈寂思修士提到『環境』這個詞，大家就如此這般……」亞奇大致說明了屆時應該發生的事。

「萬一他都沒提到這個詞呢？」有人問。

---

⑯ 吉格舞(Jig)是愛爾蘭土風舞的一種，有點類似踢踏舞。

亞奇看向歐比，「噢，賈寂思修士一定會提到這個詞的，我確信某個人——歐比，或許就你吧——會問賈寂思修士問題，好讓這個名詞出現。你說是吧，歐比？」

歐比點點頭，但心裡厭惡到了極點。該死，亞奇幹麼把他扯進任務裡去，而且還得親自上台表演？吼，他可是高年級生耶。他可是堂堂守夜會的祕書，真是夠了！混蛋王八蛋，他恨死亞奇了。

有個新加入的傢伙，從紀念碑高中轉來的學生，問：「萬一賈寂思修士發現我們在整他怎麼辦？萬一他發現關鍵暗語是『環境』這個詞的時候又該怎麼辦？」

「那他就會停止使用這個詞，」亞奇說，「這是整件鳥事最高明的地方。我已經很厭煩了大家拚命談論跟環境有關的陳腔濫調。所以這麼一來，我們這間爛學校裡，至少有一位老師會把『環境』這個名詞，從他的字典裡刪掉。」

對歐比來說，他已經很痛惡、很厭煩亞奇了，他不想繼續跟在亞奇屁股後面打點，也不想再幫忙收爛攤子——就像十九號教室，或者問賈寂思修士問題，好讓他把某個特定的詞彙「環境」從嘴巴裡吐出來。無論如何，他已經受夠了這一切。他也浪費了夠多時間，等待亞奇弄巧成拙，等待他出錯。只要那只黑盒子一直存在，誰敢保證亞奇不會有運氣用光的一天？

「在所有對環境的討論裡……」

我們再來吧，歐比一面厭惡地想道，一面發現自己已經像個瘋子般不斷跳上跳下，跳得他的心臟都快跌出身體外。他痛恨這件狗屎任務的每一秒，而且他的體力已經耗光。

在接下來的十五分鐘內，賈寂思修士又使用了這個詞彙五次。歐比和其他學生，經過不斷跳躍之後，已經累趴了。每個人都上氣不接下氣的，腿也痛得幾乎站不起來了。

當賈寂思修士第六次使用那個詞的時候，學生們像一群潰敗的烏合之眾，搖晃著無力的雙腿，勉強算是盡到任務。歐比發現老師的嘴角微微勾起，他立刻明白了這是怎麼回事。亞奇，那個超級大混蛋，他一定提點過賈寂思修士即將會發生什麼事（用匿名的方式，當然）。如今賈寂思修士逆轉勝了，主導權又回到老師這一邊，他盡情地驅使學生們跳上跳下，直到他們累癱、全身虛脫。

當學生們離開教室時，亞奇就倚靠在教室外的牆邊，臉上嗤笑著。其他人都不知道發生了什麼事，可是歐比明白。他橫睨了亞奇一眼，換作其他人準會在他的眼神下發抖，可是亞奇的臉上依然掛著那個笑容。

歐比揚長而去，滿心的屈辱與忿恨。你這個混蛋，他想道，遲早我會要你付出代價的。

第二十一章

放學後，凱文・恰堤拜訪了七戶人家，可是一盒巧克力也沒賣出去。住在乾洗店隔壁的康諾斯太太叫他月底再回去找她，因為那時候她就會領到政府撥下來的社會福利金，可是他實在不忍心告訴她，到那時就太晚了。有隻狗追著他一直跑了半條街，就像老電視影集裡的納粹軍犬正死命追捕逃亡的集中營犯人。滿心挫敗的他，回到家之後立刻打了電話給最要好的朋友丹尼・阿坎吉。

「丹尼，你賣掉多少了？」凱文問，盡量不去理會他母親，此刻她就站在電話機旁對他說話。很久以前，丹尼就學會了將她說的任何話都消音。隨她高興愛講什麼都行，可是那些話一傳進凱文的耳朵裡，全變成馬耳東風。這是凱文的求生小技倆。

「很糟。」丹尼嘀咕。他每次說起話來都很像是鼻子不通。「我才賣出一盒，而且是賣給了我姑媽。」

「有糖尿病的那個姑媽？」

丹尼大笑。丹尼有個好處，他是位很好的傾聽者。凱文的媽媽就不是了。此刻她仍繼續對凱文嘮叨著。其實凱文知道她在對他說什麼，她不希望凱文講電話的時候還一面吃東西。但她不了解，吃東西並不限於自己一個人的時候才能吃，吃東西這種事，是隨時隨地、不管你在做什麼都可以同時進行的。你可以一面吃東西一面做任何事。呃，幾乎是任何事。但他母親一直覺得，當你一面講電話一面嘴巴塞滿東西是不禮貌的行為。可是這時候在電話的另一頭，丹尼的嘴巴裡同樣也塞滿吃的。所以，這樣該算是誰對誰不禮貌啊？管他的！

「我覺得，或許那個叫傑瑞的小鬼才是對的。」凱文說，他的嘴巴裡黏著濃濃的花生牛奶糖，他真希望能跟他母親解釋說，這樣他發出來的聲音就會更有磁性了，就像那些電台ＤＪ的聲音。

「看起來那個新生可讓雷恩修士吃足苦頭了。」

「耶，而且他還是用很平淡的口氣說，他不打算賣巧克力。」

「我想那八成是守夜會搞的鬼。」丹尼猜測。

「曾經是。」凱文說，忍不住勝利地用餘光瞄了他母親一眼，她最後終於放棄，決定回去廚房工作。「但現在已經不是了。」他有點擔心自己是不是洩漏太多了。「守夜會的任務已經結束了，幾天以前他就應該開始賣巧克力了，可是他仍然拒絕賣巧克力。」

凱文可以聽見丹尼像個神經病似的拚命在嚼食東西。

「你在吃什麼？好像很好吃。」

丹尼大笑。「巧克力。我跟自己買了一盒巧克力。這是我身為三一高中一份子最起碼可以做的。」

一種不自然的沈默降臨他們兩人之間。凱文正在申請明年升上十一年級以後加入守夜會。當然，沒人能保證你一定能加入，不過那些人暗示說凱文應該有機會。而丹尼，他最好的朋友，也知道這件事——凱文當然也知道，守夜會有些事情是不能說出去的，因此他會盡量避免談到守夜會，不過，凱文經常會把守夜會內部的消息，包括守夜會任務，洩漏一點點給丹尼知道。他忍不住，這是種炫耀心理。不過他也很擔心，丹尼會跑去跟別人講守夜會的祕密，就算只是不小心說溜嘴，也可能造成難以收拾的後果。此刻，兩人的談話就開始觸及了不能說的祕密。

「那現在是怎樣了？」丹尼問。有點不確定自己會不會因為打探消息，最後好奇心過度而帶來災難。

「我也不知道。」凱文誠實地說。「也許守夜會會採取什麼行動。他們應該不會做得太絕。不過，我可以告訴你一件事。」

「什麼事？」

「我已經很厭煩賣東西了。幹，我老爸甚至開始稱呼我是『我的推銷員兒子』。」

丹尼再度捧腹大笑。凱文真是天生的模仿大師。「是啊，我知道你的意思，我也不想繼續搞這些推銷的噁爛玩意。我們或許應該學學那個小鬼。」

凱文同意。

「再聊幾句，我就得掛斷了。」丹尼說。

「你要把時間省下來賣巧克力啊？」凱文說，單純只是在開玩笑，當然。不過，光是想到再也不需要賣任何狗屁垃圾，就覺得人生真是美好。他抬頭，看見他媽媽又走近他身旁了。他嘆了口氣，再度把她的聲音關掉，就跟把電視調成靜音一樣，只留下影像。

「你知道嗎？」豪威·安得森問。

「什麼事？」瑞希·隆岱爾慵懶地回答，好像正在做白日夢。他正盯著一個女孩走近他們身邊。外表美得冒泡。緊身上衣，幾乎黏貼在身上，低腰牛仔褲。我的天哪！

「我想雷諾小子對於賣巧克力的看法是對的。」豪威說。他也看見了那個女孩沿著人行道走過來，經過天鵝藥妝店的門口。不過，這幕景象並未因此阻斷他的思緒。注視一個妞兒，用你的眼睛將她生吞活剝——所謂的視覺強暴——純粹只是生理本能。「我也不打算賣巧克力了。」

那個女孩停下腳步，站在藥妝店門口的報紙網架前，開始讀起報紙來。瑞希以饑渴的眼神盯著那個女孩看。突然間，他意識到豪威剛才說了什麼很重要的事。「你不要什麼？」他問，雖然視線仍緊抓著那女孩不放——她這時轉過身，他忍不住盡情品嚐那渾圓的牛仔褲——但另一面也開始推敲起豪威剛才說的話，意識到那裡頭有很重要的意義。豪威·安得森並不只是守夜會的一員，他同時也是十一年級學生會的主席，他是個很特別的傢伙。他既是榮譽榜學生，又是美式足球校隊的後衛。他在守夜會裡頭也很有勢力，去年還在一場內部的對抗中幾乎踢走了怪物卡特。當他把手舉起來的時候，既可以回答課堂上老師問的艱難問題，也可以將你打得做狗爬，如果你膽敢跟他作對的話。一個高智商的硬漢——這是有一陣子某個老師在背後稱呼他的。像雷諾這樣一個無名小卒的新生拒絕賣巧克力，沒啥大不了的，但若是像豪威・安得森這樣的人也拒絕賣的話，那可就是天大的事了。

「這是做事的原則。」豪威繼續說道。

瑞希將手插入褲袋中，羞愧地握住他的小弟弟。每次他興奮起來的時候，關於美眉或其他的事，他就克制不住自己的生理反應。

「你是說什麼原則？」

「我的意思就是這樣。」豪威說，「我們繳了學費來三一高中唸書的，我們繳了錢，不是嗎？沒錯！他媽的，我甚至根本不是天主教徒，有一大堆學生都不是，可是學校一天到晚跟我們吹噓說，三一高中是升大學的最佳跳板，附近的大專院校沒有一間是我們進不去的。入學以前，給我們看的全是辯論比賽、美式足球、拳擊的比賽獎盃。結果咧？等我們進來以後，他們竟然把我們變成了推銷員。我必須聽一大堆傳教的狗屁、進教堂做禮拜。叫人更難以忍受的是，老子我竟然還得賣巧克力。」他呸了一聲，痰以完美的姿態飛向郵筒，然後像一滴眼淚似地流淌而下。「結果現在來了一個新生，根本就是個乳臭未乾的小孩！他卻拒絕了。他說『我不打算賣巧克力。』就這麼簡單。帥啊！可是我以前從來沒想過——其實我只要停止賣巧克力就可以了。」

瑞希望著那個女孩緩緩走開。

「我跟你同進退，豪威。就從這刻起，我們不賣巧克力了。」那個女孩幾乎從視線裡消失，被其他路過的人群擋住了。「你想正式一點嗎？我的意思是說，在班上召開一個會議什麼的，要嗎？」

豪威仔細推敲這個想法。

「不要，瑞希。這年頭大家都各管各的。就讓每個人各自做自己的事。如果有人想賣，就隨他去吧。如果他不想賣，我們也同樣支持。」

豪威的聲音聽起來非常有權威感，彷彿他正在對全世界發表一份宣言。瑞希敬畏地聽著。他很高興豪威願意讓他跟在身邊——也許豪威某些領袖魅力能夠傳染給他。他的視線再度投向大街上，搜尋著另一個女孩讓他的眼睛吃冰淇淋。

空氣中充滿汗臭味——這是體育館特有的香水。雖然現在體育館裡空蕩蕩的，但最後一節的健美體操課還是留下了一些東西，刺鼻的男孩汗水味、狐臭味、腳臭味，以及老舊運動鞋的鹹魚酸腐味。這就是為什麼亞奇不喜歡體育課的原因之一——他討厭人類身體的分泌物，不管是尿液還是汗水。他之所以討厭運動，就是因為它加速了汗水的產生。他也無法忍受看見滿身油亮溼滑的運動員。至少美式足球運動員還穿著球衣，可是拳擊手卻只穿著短褲！就拿卡特來說吧，他全身鼓脹著肌肉，每一個毛細孔都會流汗。你如果讓卡特穿上拳擊短褲，那景象真叫人有夠厭惡的。這就是為什麼亞奇總是小心避開體育館的緣故。他是三一高中的傳奇，因為他竟然想出了各種方式逃避體育課。可是如今他卻必須在這裡等待歐比。歐比留了一張紙條在他的儲物櫃，上面寫著：最後一堂課之後，在體育館等我。歐比最愛搞這種戲劇性的場面。而且他明知道亞奇最討厭體育館了，竟然還要求在體育館碰面。噢，歐比，你為什麼要恨我呢？亞奇想著，但並未因此覺得心煩。能夠有人恨著你真好——這樣才可以讓你保持警覺。於是當你拿針去刺這些人的時候（他就時常這麼對待歐比），你就會覺得大家扯平了，而不必顧慮你的良心怎麼說。

可在這一刻，他對歐比越來越惱火了。他到底上哪兒去了？亞奇坐在一張已然斑駁的椅子上，突然感覺到，這個空盪盪的體育館，帶來一股突如其來的寧靜。這段時間以來，他已經越來越難得有平和的心境了。守夜會的任務讓他備受壓力。越來越多的任務必須指派，而且很多人都等著看亞奇還能變出什麼花樣。有時候亞奇會覺得自己被掏光了，內心很空虛，完全想不出任何點子。還有他拿到的爛成績。這學期的英文課肯定會被當了，這純粹是因為英文課有一大堆閱讀作業，而他實在找不出時間來每天晚上花個四五個小時閱讀一本爛書。無論如何，在守夜會的事和煩惱爛成績之間，他更沒有任何時間能夠留給自己，更別提去把妹了。他不再有時間去潔若米小姐（位於鎮上另一邊的女子高中）那裡走動。以前時間還充裕的時候，他常會去那裡一飽眼福，觀賞著青春少女的性感肉體，也經常跟其中一些美眉攀談，陪她們一同散步去搭車、一同搭車回家。當然，往往都是不順路的。如今，他卻必須每天攪和在這些任務和家庭作業當中，在種種活動當中疲於奔命，然後又接到歐比這張愚蠢的留言。在體育館等我……

終於，歐比出現了。他並沒有直接走進來，而是先來個戲劇性的出場。首先，他四處察看每一道出口，以鼻子嗅嗅空氣中有沒有什麼不對勁的地方，演得還真像是電影裡的間諜，真是夠了！

「嗨，歐比，我在這裡。」亞奇平淡地喊。

「嗨，亞奇。」歐比說著，踩著皮革馬靴，一路走過體育館的地板。學校規定，在體育館裡只能穿運動鞋，可是沒人鳥它，除非恰好有修士們在旁邊。

「你要幹麼，歐比？」亞奇問，沒有任何寒暄，直接切入公事，他的聲音也顯得無趣冷淡，平靜得好像撒哈拉沙漠。他同意歐比的要求在這裡碰面，已經算是承認了自己也好奇歐比要說什麼，所以他不想表現得太熱切，好像他很渴望歐比作伴，畢竟他最後還是得說，「我沒空。有更重要的事情要做。」

「這件事情也很重要。」歐比說。歐比的臉瘦削、有稜有角，臉上永遠掛著一副憂心忡忡的表情。這就是為什麼他永遠扮演配角，打雜的小弟。他是那種倒楣時候就會被別人踹兩腳的人。但你也知道——他一定會再度站起來的，他會發誓說要報仇，卻永遠沒膽真的這麼做，或者根本不知道該怎麼報復。「記得那個小鬼雷諾嗎？巧克力任務那個？」

「他怎麼啦？」

「他還沒開始賣巧克力。」

「所以呢？」

「所以——你記得嗎？他被命令要拒絕賣巧克力，一直持續十個上課天。沒問題。他連續十天都沒賣，但十天過去了，而他還是不肯賣巧克力。」

「那又怎樣？」

這就是讓歐比很火大的地方——亞奇老是喜歡表現得無所謂的樣子，好像他很酷。你可以跟他說，原子彈要掉下來了，而他或許還是會冷冷地說，「那又怎樣？」這總是讓歐比很生氣，主要是原因是他很好奇，亞奇究竟是真的不在乎，還是在演戲，假裝他不在乎？總有一天，歐比會找出答案來的。

「好吧，學校裡有各種謠言。首先，有很多學生認為守夜會牽扯在這次的銷售中，所以大家認為，雷諾之所以不肯賣巧克力是因為他仍然繼續在執行守夜會的任務。然後，也有一部分學生知道任務已經結束了，所以這些人就想說，雷諾是在主導某種叛亂，跟賣巧克力的活動對抗。他們說，雷恩修士現在幾乎每天都急得團團轉……」

「帥！」亞奇說，他終於對歐比的新聞發表意見了。

「每天早上雷恩都會點名，而這個小鬼新生，每天早上都會坐在那裡，拒絕賣那些該死的巧克力。」

「帥！」

「這可是你說的。」

「繼續。」亞奇說，對於歐比的諷刺置之不理。

「好吧。就我所知，這次巧克力的銷售情況很糟。一開始大家就不想賣巧克力，如今，有些班級已經變成一件鬧劇了。」

歐比在亞奇身旁的老舊椅子上坐下來，他停頓了一會，好讓亞奇仔細咀嚼這番話。

亞奇嗅嗅空氣，說：「體育館聞起來真臭。」他假裝對歐比的新聞漠不關心，實際上他的腦筋已經迅速轉動，推敲著各種可能性。

歐比繼續餵資料，「但還是有一些認真負責的學生，以及那些喜歡拍馬屁的學生，他們仍然繼續瘋狂地在賣巧克力。那些人有的是雷恩的寵物、特別得他寵的學生，以及那些仍然堅信三一精神的學生。」他嘆了口氣說，「無論如何，事情還是有不少進展。」

亞奇正專心注視著體育館遠處一個角落，好像那裡發生了什麼有趣的事情，吸引了他的注意力。歐比順著他的視線——根本沒有任何東西。「好吧，你在想什麼？」

「你是指什麼——我在想什麼？」

「情勢。雷諾。雷恩修士。那些巧克力。那些選邊站的傢伙……」

「我們等著瞧，我們等著瞧，」亞奇說，「我不知道守夜會是不是該介入。」他打了個呵欠。這個偽裝出來的呵欠，讓歐比惱火到了極點。「呿。少來了，亞奇，不管你知不知道，守夜會早就介入了。」

「你在說什麼？」

「你看嘛。一開始是你叫那個小鬼拒絕賣巧克力的。這是整件事情的開端。但那個小鬼卻做過頭了。他本來應該在任務結束之後就開始賣巧克力的。所以，他現在的行為就是在跟守夜會對抗。而一大堆人也都明白這一點，所以我們被牽扯進去了，亞奇。不管我們願意不願意。」

歐比敢說，他命中紅心了。他看見某樣東西在亞奇的眼睛裡閃爍，彷彿他正凝視著某個空白的窗戶，並發現了鬼魂在那裡偷窺。

「沒有人可以跟守夜會對抗，歐比……」

「那就是雷諾正在做的。」

「……又能夠全身而退的。」

亞奇露出了那個迷夢般的神情，連下嘴唇都張開了。「就這麼做吧。去叫雷諾來守夜會報到。也確認一下目前賣掉了多少巧克力——總共多少盒、實際情況和金額。」

「好。」歐比說，記在他的本子上。正如同他對亞奇的恨意，他也喜歡看亞奇採取行動。歐比決定添加更多木炭到這盆火裡去，「還有一件事，亞奇。守夜會不是承諾雷恩說，我們會支持這次的巧克力義賣活動嗎？」

歐比再度得分了。亞奇轉身面對他，驚訝寫滿臉上，但他迅速恢復正常。「讓我來擺平雷恩吧。你只要負責跑腿就可以了。」

老天！歐比真是痛恨這隻畜生。他啪地闔上筆記本離開，留下亞奇一個人坐在那座充滿汗臭味的體育館裡。

第二十二章

布萊恩．柯朗不敢相信他的眼睛。他再次逐一計算出總數，驗算，以便確認他沒有弄錯。他皺眉咬著筆頭，仔細推敲他算出來的結果——銷售成績掉得非常厲害，已經到了令人觸目驚心的程度。上個星期以來，銷售一直很穩定，但昨天卻整個急速下跌。

雷恩修士會怎麼說呢？這點是布萊恩最關心的。布萊恩痛恨擔任這次賣巧克力的會計，不只因為這是個折磨，更重要的是因為這個工作讓他必須跟雷恩修士有私人的接觸。雷恩讓布萊恩發抖。這位老師太不可預測了，太情緒化了。而且他從來不滿足。他經常抱怨，抱怨——你把7寫得太像9，柯朗。或者，你把蘇楷寫成蘇揩了，是木字邊不是提手旁。

布萊恩最近很幸運，雷恩修士不再每天查閱銷售數字，好像他已經預期到那個數字中會有壞消息，所以不希望直接面對它。但無論如何，今天是關鍵時刻，他已經吩咐布萊恩要把數字整理好。所以布萊恩現在正等著雷恩出現，相信等他看見數字時一定會抓狂的，布萊恩顫抖地想著——他真的顫抖了——他記得曾在歷史上讀過，以前的人會因為聽見壞消息而把傳信人殺掉。布萊恩有種感覺，雷恩修士就是會做這種事的人，他會把錯推給某隻替罪羔羊，而布萊恩就是離他最近的一隻。布萊恩嘆了一口氣，覺得好累好煩，真希望他此刻是在戶外享受美麗的十月天，駕著他那輛老舊的雪佛蘭四處去兜風，那輛車是他爸爸在他上高中之後買給他的。他好愛那輛車。「我和我的雪佛蘭……」布萊恩哼唱起某首他從收音機裡聽來的歌。

「好吧，布萊恩。」

雷恩修士很擅長悄然走到你的身邊。布萊恩跳了起來，只差沒舉手敬禮而已。你瞧，這個老師對他的影響有多惡劣。

「是，雷恩修士。」

「坐下，坐下。」雷恩說，也在他的桌子後面坐了下來。一如往常，雷恩又是滿身大汗。他脫掉他的黑色夾克，而白色襯衫的腋下部位完全溼透了。布萊恩聞到一股令人窒息的狐臭味。

「總成績很差，」布萊恩脫口說，很想盡快把這件事了結，然後遠離學校，遠離這間辦公室，還有雷恩那令人窒息的存在。但他同時又有種變態的勝利感——像雷恩這樣的鼠輩，實在應該讓他也嚐嚐失敗的滋味。

「很差？」

「銷售數字整個掉了下來。比去年的差，而且去年的銷售目標才只有今年的一半。」

「我知道，我知道，」雷恩尖銳地說，臉側轉了方向，好像布萊恩不夠格讓他面對面談話，「你確定數字沒錯嗎？柯朗，你會不會是不小心把某些數字算錯？」

布萊恩氣得漲紅了臉。他有種衝動想把報表丟在修士的面前，不過最後依然忍了下來。沒有人膽敢當面挑戰雷恩修士的。無論如何，就算有，也不會是布萊恩．柯朗，他只敢希望盡快遠離這裡而已。

「我把每一筆數字都反覆計算過了。」布萊恩說，極力保持聲音的平穩。

沈默。

布萊恩腳底下的地板正在顫抖。大概是拳擊社正在體育館裡練習吧？或許他們正在做柔軟體操，或者其他的拳擊動作。

「柯朗，把那些銷售成績已經達成目標、甚至超過的學生名單唸給我聽。」

布萊恩拿起名單。這個要求很容易，因為雷恩修士堅持名單上要做各種交互索引，以便他可以一眼就得知每個學生的狀況。

「蘇楷，六十二盒。馬洛南，五十八盒。勒白朗，五十二盒……」

「慢一點，唸慢一點。」雷恩修士說，臉依然背對著布萊恩。「重來，唸慢一點。」

這要求讓布萊恩頭皮發麻，不過他還是重新再唸一遍，仔細把每個人的名字唸清楚，而且在每個名字和數字中間都停頓了一會。

「蘇楷……六十二盒……馬洛南……五十八盒……勒白朗……五十二盒……卡羅尼……五十盒……」

雷恩修士點點頭，彷彿正在凝聽一首美妙的交響樂，彷彿完美的樂音正飄揚在這間辦公室裡。

「方登……五十盒……」布萊恩停住，「這就是那些銷售成績已經達成目標甚至超過目標的學生名單，雷恩修士。」

「繼續唸其他的。超過四十盒的學生應該也有不少。把他們的名字唸出來……」他的臉仍然轉開，他的身體癱坐在椅子上。

布萊恩聳聳肩，繼續唸，像詩歌朗誦一般大聲唸出學生的名字來，明顯地強調重音，讓他的聲音順著這些名字和數字抑揚頓挫。他的聲音迴盪在寂靜的房間裡，彷彿是詭異的誦經聲。當他唸完了銷售超過四十盒的學生，雷恩又要他唸三十盒的，而且好像沒打算停止。

「蘇立文……三十三盒……凱力……三十二盒……查爾頓……三十二盒……安博洛思……三十一盒……」

有好一會，布萊恩邊唸邊抬頭看雷恩，只見雷恩一面聽著一面點頭，彷彿正在跟某個隱形的人交談，也說不定是在跟他自己交談。然後，唱名繼續——從三十幾盒的，輪到二十幾盒的。

他的眼睛繼續瀏覽名單，布萊恩發現自己快踩到地雷區了。一旦他唸完二十幾盒和十幾盒的，剩下的都是一些沒賣出幾盒的學生。不知道雷恩修士對於他們的表現會有什麼反應。布萊恩開始覺得很燥熱，聲音也很沙啞。他渴望能有一杯水，不只用來潤潤乾燥的喉嚨，也可以舒緩一下他如今已經非常僵硬的頸部肌肉。

「安東奈利……十五盒……隆巴德……十三盒……」他清清喉嚨，停止唱誦，中斷了這首報告歌曲。他深吸一口氣，然後說，「卡堤亞……六盒。」他迅速看了雷恩修士一眼，不過，老師並沒有任何動作。「卡堤亞……他只賣了六盒，是因為他不在學校。盲腸炎。他一直待在醫院裡……」

雷恩修士揮揮手，這個手勢彷彿在說，「我知道，沒關係。」最起碼，這是布萊恩所能猜出來的意思。而這個手勢似乎還說了，「繼續。」布萊恩看了名單上最後一位。

「雷諾……零盒。」

停頓。沒別人了。

「雷諾……零盒。」雷恩修士說，他的聲音彷若嘶嘶的低語。「你能想像嗎，柯朗？竟然有三一的孩子拒絕賣巧克力？柯朗，你知道發生了什麼事嗎？你知道為什麼今年巧克力的銷售成績會下滑嗎？」

「我不知道，雷恩修士。」布萊恩柔順地說。

「這些孩子被感染了，柯朗。他們感染了一種我們姑且稱作『冷漠』的疾病。這種病很難治療。」

他在說什麼啊？

「在我們找到藥方之前，必須先找到病源。但在這個病例裡，柯朗，我們已經知道病源在哪裡了。我們已經知道誰是帶原者了。」

布萊恩懂了。雷恩認為雷諾就是那個病源，也就是這個疾病的帶原者。雷恩彷彿讀到了布萊恩的思緒，他低聲說，「雷諾……雷諾……」

雷恩的樣子還真像是某個瘋狂科學家，正在某處地下實驗室裡，籌畫著復仇大計，吼，我的老天啊！

第二十三章

「我要退出球隊，傑瑞。」

「為什麼，小羅？我以為你很喜歡美式足球。我們才剛要大展身手而已。你昨天那個球接得非常漂亮。」

他們一起走向公車站。今天是星期三——球隊星期三沒有練習。傑瑞很想盡快走到公車站去，那裡有一個女孩，很漂亮，一頭秀髮像是濃郁的楓葉糖漿。他已經在公車站遇見那個女孩好幾次，而且她還對他笑了。有一天，他終於鼓起勇氣，走近一點去看清楚她的名字，她的名字就寫在她手上捧著的那本學校課本上。愛倫．巴雷特。總有一天，他會鼓起勇氣來，對她說，嗨，愛倫。或者打電話給她。說不定就是今天。

「我們用跑的吧！」羅花生說。

他們往前衝，像兩個瘋子，姿態怪異。身上的書本讓他們無法盡情跑，也沒法跑得很優雅，可是，光是跑步，就讓羅花生心情開朗了起來。

「你剛說要退出球隊是認真的嗎？」傑瑞問，他的聲音比平常的高亢，因為正在跑步而扯著喉嚨。

「我必須退出球隊，傑瑞。」羅花生很高興自己的聲音是正常的，一點也沒受到跑步的影響。

他們轉入關口街。

「為什麼？」傑瑞問，他突然加速衝入關口街。

他們的腳步啪嗟敲響路面。

我該怎麼告訴他呢？小羅思忖著。

傑瑞一馬當先衝到前頭。他的頭從肩膀往後轉，臉色因為用力而顯得潮紅。「為什麼？該死！」

羅花生只稍微加快腳步，便迅速趕上他。其實，羅花生可以輕易地超越他。

「你有聽說尤金修士的事嗎？」羅花生問。

「他轉到別的學校了。」傑瑞回答，勉強擠出聲音來，像擠牙膏似的。因為練美式足球的緣故，傑瑞的體能狀況不錯，可他不是個跑者，他不懂得跑步的訣竅。

「我聽說他是因為生病才離開的。」羅花生說。

「那有什麼差別？」傑瑞回答。他深呼吸一口甜美的空氣，「嘿，我的腿還好，可是我的手臂已經痛得要命。」他的左右手各拿著兩本書。

「那就繼續跑。」

「你真不是普通的瘋耶。」傑瑞說，純粹是幽他一默。

他們已經接近關口街和綠園街的十字路口。羅花生發現傑瑞的臉色真的不太對勁，於是放緩腳步。「他們說，自從十九號教室的事件以後，尤金修士就不太一樣了。他們說他精神崩潰了。不吃也不睡。說是被驚嚇過度。」

「只是謠傳啦。」傑瑞上氣不接下氣。「嘿，小羅，我的肺好像快要燒起來了，我想我快要虛脫了。」

「我懂得他的感覺，傑瑞。我知道發生這樣的事真的會逼得一個人去跳樓。」羅花生對著涼風大聲吼出這些話。他一直沒和傑瑞討論過十九號教室被破壞的事情，可是傑瑞知道羅花生牽涉在裡面。「有些人就是沒辦法忍受殘酷的待遇，傑瑞。用這種方式對付像尤金這樣的人，實在太冷酷了……」

「尤金修士的事情跟美式足球又有什麼關係？」傑瑞問，這時真的很不舒服了，他滿頭大汗，肺好像快爆炸了，而且他的手臂也因為扛著書而痛到不行。

羅花生不再跑了，他先是放慢速度，直到完全停住腳步。傑瑞大口喘氣，他倒在某戶人家的前門草坪邊緣。他的胸膛激烈起伏，好像一個人形風箱。

羅花生坐在路邊的石頭上，雙腿交疊地懸空擱在排水溝上。他端詳著聚積在他腳底下的落葉，試著找到方法對傑瑞解釋，尤金修士與十九號教室這件事情，和他決定不再打美式足球，兩者之間有什麼關係。他知道這兩者之間有某種關連，但他很難用言語解釋。

「你瞧，傑瑞。這間學校有些事情爛透了。比爛還糟。」他在腦海中搜索著適當的字眼，是有個詞可以形容，但是他不想用。那個詞和眼前的景物不相配——美麗的十月天、明亮的陽光。那個詞比較適合在暗夜裡使用，一個令鬼神哀號的形容詞。

「你是指守夜會嗎？」傑瑞問，他背躺在草坪上，臉朝向藍空，眼望著秋日的流雲。

「那是其中一部分。」羅花生說，真希望他們現在仍然繼續在跑步。「邪惡。」他說。

「你在說什麼？」

瘋狂。傑瑞八成會認為他情緒失控了。「沒什麼。」羅花生說，「無論如何，我已經決定不再打美式足球了。這是我個人的事，傑瑞。」他深深吸了一口氣，「而且我也決定從下學期開始，退出田徑隊。」

他們沈默地坐在那裡。

最後，傑瑞終於問，「你怎麼啦，小羅？」他的聲音充滿擔憂與關心。

「是他們對待我們的方式，傑瑞，」此刻，羅花生比較容易把這些話說出口了，因為他們並沒有看著對方，兩人都注視著前方。「是那天晚上他們在那間教室對我做的事——我竟然哭得像個小嬰兒，我從沒料到自己長這麼大了竟然還會哭成那樣。還有，他們對尤金修士做的事，他們毀了他的教室，毀了他……」

「喔，你想開一點，小羅。」

「然後，還有……他們對你做的事——巧克力的事。」

「那只是一場遊戲，小羅。把它想成一場好玩的遊戲。就讓他們去玩他們的把戲。話說回來，尤金修士應該也正好是處於不穩定的時刻……」

「那絕對不只是遊戲和好玩而已，傑瑞。任何會讓人大聲痛哭、讓一個老師離開的事情——就算只是在他處於不穩定時刻輕輕推了他一把——那樣的事，都不會只是好玩和遊戲而已。」

他們沈默地坐在那裡，過了很久很久。傑瑞坐在草坪上，而羅花生坐在人行道邊。傑瑞知道現在趕過去車站太晚了，他看不到那個女孩了——愛倫．巴雷特——可是他覺得這一刻羅花生需要他的陪伴。有一些同校的學生經過他們身邊時，跟他們打招呼。有一輛公車經過，煞車停了下來。當羅花生搖頭說不搭的時候，公車司機很生氣。

過了好一會，羅花生說，「去賣巧克力吧，傑瑞，你會吧？」

傑瑞說，「去打美式足球吧。」

羅花生搖搖頭，「我不會再奉獻任何東西給三一了。美式足球不會，跑步不會，任何東西都不會。」

他們哀傷地坐在那裡。最後，他們才收拾起書本，站起身來，沈默而緩慢地步向公車站。

那女孩已經不在那裡了。

第二十四章

「你有麻煩了。」雷恩修士說。

是你有麻煩了，不是我，亞奇很想這麼回答。不過他沒說。在這之前，他從沒跟雷恩修士通過電話，所以當電話那頭傳來一個幽靈般的聲音時，他一時之間有點愣住。

「怎麼啦？」亞奇戒備地問，不過他當然心裡有數。

「巧克力，」雷恩說，「他們不肯賣。整個銷售狀況很危險。」雷恩的喘氣聲銜接在他說出的每個字的停頓處，好像他剛才奔跑了好長的一段距離。他是不是快狗急跳牆啦？

「有多糟？」亞奇問，此刻已經放鬆下來，打算看好戲。其實他已經知道情況有多糟了。

「糟到不能更糟。銷售期已經過了大半，最早一波強力促銷期已經結束，接下來的銷售氣勢完全弱掉。一大半的巧克力都還沒賣出去，可是現在整個銷售根本停滯不動。」雷恩頓住這一長串劈哩啪啦的獨白。「你辦事不力，亞奇。」

亞奇搖搖頭，雖然滿心厭惡，仍然不得不佩服雷恩。這人明明就被逼到牆角了，戰鬥力還是這麼旺盛。你辦事不力，亞奇。

「你是擔心財務有問題啊？」亞奇嘲弄著，開始發動攻擊。這句話，雷恩聽來也許會以為亞奇只是在亂槍打鳥，但亞奇並不是隨便說說。這是根據他今天下午從布萊恩．柯朗那兒聽來的情報。

柯朗在二樓的走廊上，把亞奇攔了下來，並暗示他到一間空教室去密談。亞奇一開始不太願意。那個小子在幫雷恩記帳，說不定還幫他打探消息。可是柯朗洩漏的情報，證明了他並不是雷恩的抓耙子。

「聽我說，我想雷恩修士惹了大麻煩了。賣巧克力的事沒那麼單純，亞奇。」

亞奇很不高興柯朗的態度太過親密，竟然直呼他的名字。不過他沒說什麼，只是好奇這個小子打算要說什麼。

「我不小心看到賈寂思修士把雷恩押到角落去談話。他不斷在說雷恩修士濫權，說他過度擴張做為職務代理人的權限，不當運用學校的財務。賈寂思修士確實是用了『過度擴張』這個詞，他還提到了賣巧克力的事。好像某件事跟兩萬盒巧克力有關，他說雷恩事先用現金把巧克力的錢付給了廠商。這一段我沒全部聽清楚……我趁他們還沒發現我在附近時，趕緊溜掉……」

「所以，柯朗，你的想法是……？」亞奇問，雖然他知道答案。雷恩至少需要還給學校兩萬美金，以填補虧空。

「我猜想雷恩購買巧克力的錢跟他報的帳目不一致。現在，因為巧克力義賣的情況不好，所以他就被卡在那裡，而賈寂思修士又發現事情不太對勁……」

「賈寂思很敏銳，」亞奇說，想起了上次他用匿名方式提點賈寂思有關「環境」那個關鍵暗語之後，賈寂思的反應——他把全班同學耍得像一群呆瓜，歐比也在那裡面。「做得好，柯朗。」

柯朗被這聲讚美逗得樂陶陶的，於是他接著從他手上抱著的書裡抽出幾張紙，「你有空的時候看看這些東西，亞奇。這些是今年和去年巧克力義賣的實際數字。全部都很糟。我想雷恩不是第一次做這種事……」

可惜柯朗還是不夠了解雷恩。此時，當他的聲音從電話那頭傳來時，亞奇才真正體會到雷恩的厲害。他不理會亞奇對於財務狀況的揶揄，重新發動攻擊。

「我本來以為你有影響力，亞奇。你和你……朋友。」

「這又不是我的義賣，雷恩修士。」

「不管你理解不理解，這件事確實跟你有關，亞奇。」雷恩說，嘆了一口氣，這是裝出來的嘆息，是他一貫的表演。「一開始就是你在那裡搞小動作，亞奇，就是你把那個新生雷諾扯進來的，所以你把你自己也扯進來了，如今你玩火自焚了。」

雷諾。亞奇想到那個小鬼拒絕賣巧克力，以及可笑的公然挑釁。他也想起歐比在跟他報告雷諾的行為時，以沾沾自喜的聲音說，「這是你造成的，亞奇寶貝。」話說回來，所有事情一直都是亞奇造成的。

所以現在他要開始反擊。「等一下，」他對雷恩修士說，然後放下話筒，到臥室裡去拿出美國歷史的課本來，他把柯朗給他看的資料抄錄在那裡面。他拿著資料回到電話邊，說，「我這裡有一些數據，是關於去年的巧克力銷售狀況。你知道去年差一點就沒把巧克力賣完嗎？大家已經很厭煩賣東西了，所以去年學校提供了一大堆獎勵、福利，才勉強讓每個人把二十五盒巧克力賣掉，而且每盒才賣一塊錢美金。可是今年你卻要大家賣五十盒，每盒兩塊錢美金。這就是為什麼今年銷售不力的原因，跟我無關。」

雷恩修士的喘氣聲大得幾乎占滿了電話線，彷彿他正在講某種猥褻電話。

「亞奇，」他低聲說，是那種帶著威脅的耳語，彷彿他接下來要說的話太過恐怖，不好大聲說出來。「我不管你玩什麼把戲，我也不在乎雷諾和你那個寶貝組織，或者大家的經濟能力如何。我只知道，巧克力滯銷，而我希望它們賣掉！」

「怎麼賣呢，你想到什麼點子了嗎？」亞奇說，再度發動攻擊。真可笑，他明明知道雷恩現在的處境很危險，卻仍不敢低估他。雷恩有學校的行政權替他撐腰，亞奇只有聰明才智和一票烏合之眾，而這些烏合之眾若沒有他就什麼也不是。

「也許你應該從雷諾開始。」雷恩說。「我想，應該有人教會他說『好』，而不是一直說『不要』。我相信，他已經成為某種象徵，亞奇，他已經成為那些幸災樂禍巴不得巧克力銷售失敗的人的擋箭牌，包括那些裝病不來的、那些消極抵抗的，他讓這些人集結成一股反叛勢力。所以，一定得叫雷諾去賣巧克力。而你，守夜會——沒錯，我現在可以大聲說出這個名字——守夜會必須使出全力，支持這場銷售……」

「哇，你這是在下命令啊，修士。」

「你挑選了正確的字眼，亞奇，我就是在命令——給騎士團的命令⑰。」

「我不知道你在說什麼，修士。」

「那我就說得更清楚點，亞奇，如果義賣沒有起死回生，那我就讓你和守夜會一起去陪葬。相信我……」

亞奇正要回擊，他有股衝動想告訴雷恩，他已經知道雷恩的財務破洞了。可是他沒有機會。雷恩，那個混蛋，竟然把電話掛斷了，只留下嘟嘟聲在亞奇的耳膜中震動著。

第二十五章

那份傳喚書很像一封匿名黑函——上頭的字是從報紙雜誌上剪下來拼揍成的。

「守夜會會議，兩點三十分。」

七拼八湊的字，讓這張怪異的紙條看起來很幼稚、可笑。不過也正由於這種幼稚的風格，讓這份傳喚書顯得非理性，帶點威嚇和嘲笑的意味。當然，這也反映了守夜會和亞奇．柯斯特洛的特性。

三十分鐘之後，傑瑞．雷諾來到倉庫裡，站在守夜會成員的面前。隔壁的體育館這時正熱鬧著，許多人在那裡練習投籃或拳擊柔軟操等等，於是相隔的牆壁好像也就變成了詭異的多聲道音

⓱ 英文 order 一字除了「命令」之外，也代表修會、教廷頒贈的勳章，大寫的 Order 更有「騎士團」的意思，作者以此雙關語暗喻「守夜會」是雷恩的騎士團，為他出戰。

響，不停地迴盪著各種震天價響的聲音，包括重物捶牆聲、地板跳動聲，以及教練吹哨子聲。守夜會的會員大約有九或十人到場，包括卡特和歐比。卡特已經越來越討厭守夜會的這件爛攤子，特別是此刻他為此必須放棄拳擊社的練習活動；而歐比卻帶著看好戲的心情，期待著這場會議開始，他很好奇亞奇會怎麼進行這場會議；至於亞奇則坐在牌桌後面，桌面上鋪了一條紫色和金色的領巾——也就是三一高中的代表顏色——，而在桌子的正中央，放著一盒巧克力。

「雷諾，」亞奇輕柔地說。

幾乎是本能地，傑瑞全神貫注，肩膀挺直，胃部緊縮，同時又對自己這種生理反應覺得厭惡。

「要不要來一塊巧克力，雷諾？」

傑瑞搖搖頭，輕吐了一口氣。他想著此刻正在美式足球場上的那些隊友，多好啊，他們正在涼風中流著汗、在開始練習之前互相傳球。

「還不錯吃喔，」亞奇說著，打開盒子，拿出一塊巧克力。他先是深吸了一口巧克力的氣味，接著把它塞進嘴巴裡。他慢慢地、不疾不徐地嚼著，以誇張的動作舔了舔嘴唇。接著放入第二塊巧克力。然後第三塊。現在，他的嘴巴裡塞滿了巧克力，連吞嚥的時候，喉嚨也鼓了起來。

「真好吃，」他說，「每盒才賣兩塊錢美金——特價。」

有人噗哧笑了出來。笑聲急促，很快就打住，好像有人把唱針從正在播放的唱片上拿起來似的。

「不過，你不知道價錢，對吧，雷諾？」

傑瑞聳聳肩，不過他的心臟開始瘋狂地跳動。他知道會有攤牌的時刻。眼前這一刻就是。

亞奇又拿起另一塊巧克力，放進嘴巴裡。「你賣掉了多少盒巧克力，雷諾？」

「一盒也沒有。」

「一盒也沒有？」亞奇溫和的聲音帶著驚訝。他吞下巧克力，以偽裝的困惑表情搖著頭。他的視線未曾離開雷諾，但開口問了另一個人說，「波特，你賣了幾盒？」

「二十一盒。」

「二十一盒？」亞奇的聲音現在充滿著敬畏，「哇，波特，你一定是那些積極認真的新生，啊？」

「我已經十二年級了。」

「十二年級？」更加敬畏了。「你是在告訴我說，你身為學校裡最大尾的十二年級生，卻還是這樣兢兢業業地秉持三一精神，認真負責地賣巧克力嗎？帥啊，波特。」他的聲音裡充滿嘲笑——或者他真的是在嘲笑呢？「這裡還有其他人也賣了巧克力嗎？」

一堆聲音此起彼落，好像守夜會的人此刻正在拍賣會上喊價。

「我四十二盒。」

「我三十三盒。」

「我二十盒。」

「我十九盒。」

「我四十五盒。」

亞奇舉起手，大家安靜了下來。隔壁的體育館裡，有人撞上牆，叫喊出一句髒話。歐比崇拜地看著亞奇操控這次會議的方式，他也對守夜會成員迅速配合亞奇的默契佩服到不行。波特根本賣不到十盒巧克力，說不定連一盒也沒去賣。歐比自己才賣了十六盒，剛剛卻喊到四十五盒。

「而你，雷諾，一個九年級生，高中新鮮人，應該是要充滿三一精神才對啊。可是你竟然沒有賣出半盒巧克力？零？什麼也沒有？」他又伸手去拿了另一塊巧克力。事實上，亞奇真的滿喜歡吃巧克力的。雖然這個比不上摻著杏仁核果的好時巧克力，不過勉強算是可以接受。

「沒錯。」傑瑞說，他的聲音微小，好像是擴音器拿錯方向而發出的聲音。

「你介意我問你為什麼嗎？」

傑瑞推敲著該怎麼回答。他應該怎麼做才好──要找個藉口嗎，還是該說實話？如果他實話實說，聽起來會不會很奇怪？特別是面對著滿屋子的陌生人。

「這是個人的隱私。」他最後說，自覺像個輸家。他也知道他不可能贏了。本來一切都進展得這麼順利，美式足球、上學、公車站裡有個女孩對他微笑。他還設法湊近去看了她的名字，就寫在她的書本上──愛倫．巴雷特。兩天以來，她都對他微笑，而他太害羞了，不敢跟她說話，不過他有翻電話簿，找到了所有姓巴雷特的人家的電話。總共有五戶。他打算今天晚上一一打電話，把她找出來。他本來是想，他應該能夠透過電話對她講話。但是現在，為了某種原因，他有種感覺，他永遠都沒法跟她講話了，永遠沒辦法再打美式足球了——這種感覺很瘋狂，不過他卻沒法擺脫這種念頭。

亞奇舔著手指頭，一根接著一根，讓傑瑞的回答自行迴盪在倉庫中。這空間實在太安靜了，他甚至可以聽見某個人的肚子正咕嚕咕嚕地叫著。

「雷諾，」亞奇說，他的聲音很友善，好像純粹在聊天，「我要告訴你一件事。在我們守夜會裡是沒有個人隱私的。這裡沒有祕密，知道嗎？」他最後一次吮了吮大拇指，「嘿，強森。」

「怎樣，」傑瑞後面的某個聲音回答。

「你每天打手槍幾次？」

「兩次。」強森迅速地回答。

「看到了嗎？」亞奇說，「我們這裡是沒有祕密的，雷諾。沒有什麼個人隱私。在守夜會沒有。」

傑瑞今天早上上學之前才剛沖洗過澡，可是現在，他卻可以聞見自己的汗臭味。

「好嘛，」亞奇說，好像一個親密好友那般，鼓勵著，勸誘著，「你可以跟我們直說的。」

卡特惱怒地吁了一口氣，他已經對亞奇這種貓捉老鼠的把戲失去了耐性。這兩年來，他已經無數次坐在這裡看著亞奇用荒謬的把戲逗弄著這些小鬼，他對亞奇這種以老大自居、自以為操縱全局的姿態厭煩透了。其實根本就是他卡特在扛責任好不好？做為守夜會的會長，他必須叫所有的人乖乖聽話，讓大家都很開心，願意協助亞奇確保任務的進行。卡特對這次賣巧克力的事情一點也不看好，這件事根本就不是他們守夜會可以控制的。這件事牽涉到雷恩修士，而他對雷恩修士完全不信任，他寧可離他遠遠的。如今，他看著這個姓雷諾的小鬼站在那邊，一副嚇得快要昏倒的模樣，臉色蒼白，眼睛因為恐懼而睜得大大的，偏偏亞奇卻還在逗弄他。老天，卡特討厭這種見鬼的心理戰術。他喜歡拳擊，在打拳的時候，一切都是透明的——不管是刺拳、勾拳、圓旋擺動，甚至直擊對手的肚子。

「ＯＫ，雷諾，遊戲結束了。」亞奇說，他聲音中的溫和不見了，嘴巴裡的巧克力也沒了。「告訴我們，你為什麼不肯賣巧克力？」

「因為我不想要。」傑瑞說，仍然覺得自己在做困獸之鬥，因為——要不然他還可以做什麼？

「你不想要？」亞奇問，不敢置信的聲音。

傑瑞點點頭。盡力拖延著時間。

「嘿，歐比。」

「怎樣？」歐比回答，像被戳了一下。他媽的，亞奇幹麼每次都要挑他？現在他又想要什麼混帳把戲？

「你想要每天都來上學嗎，歐比？」

「鬼才想。」歐比回答。他知道亞奇要什麼，也給他了，卻是滿心怨怒，感覺自己是隻下等走狗，就好像亞奇是一個腹語師，而他是那個被操控的傀儡。

「可是你還是來上學了，不是嗎？」

「見鬼了，當然。」

哄堂大笑，對這個回答報以熱烈讚賞，歐比臉上也不自覺露出微笑。不過亞奇橫睨他一眼，讓他的笑容迅速消失。此刻亞奇變嚴肅了，歐比可以從亞奇抿緊的嘴唇和閃爍得有如霓虹燈的眼睛看出來。

「看到了吧？」亞奇說，話鋒轉回雷諾，「在這世界上，我們每個人都必須做自己不想做的事。」

一陣恐怖的憂傷情緒襲向傑瑞，彷彿有人死了。此刻的感覺就像他那天站在母親的喪禮上一樣。而你對於發生的事實無能為力。

「ＯＫ，雷諾。」亞奇說，聲音中顯現出決斷。

你可以發現房間內的氣氛緊繃了。歐比抽了一口氣。來了。亞奇要達陣得分了。

「我要宣布你的任務。明天早上點名的時候，你就接下巧克力，你就說，『雷恩修士，我接受巧克力。』」

完全呆愣住了，傑瑞脫口說，「什麼?!」

「你的聽力有問題嗎，雷諾？」他轉過身，叫了另一個人，「嘿，邁格拉斯，你有聽見我剛才說了什麼嗎？」

「他媽的，當然有。」

「我說了什麼？」

「你說那個小鬼必須開始賣巧克力。」

亞奇把注意力轉回傑瑞，「算你好運，雷諾。你和守夜會作對，本來應該要受到懲罰。雖然守夜會向來不採用暴力，不過我們還是覺得有必要保留一些罰則。通常，守夜會的懲罰都會比任務本身更悲慘，不過我們這次決定放你一馬，雷諾，我們只要求你明天接受巧克力，開始賣巧克力。」

老天，歐比不敢置信地想。偉大的亞奇．柯斯特洛竟然也被嚇到了。他說的那兩個字「要求」就是個徵兆。也許只是說溜嘴，可是聽起來很像是亞奇正在跟那個小鬼討價還價，要求，吼，我的天啊！我逮到你了，亞奇，你這個混蛋。歐比從未感受過這麼甜美的勝利。那個他媽的小鬼新生，竟然讓亞奇跌了一跤，而不是那個黑盒子。不是雷恩修士，不是他自己的聰明，竟然是一個瘦小鬼新生。因為歐比很肯定一件事——就像地心引力一樣明顯的自然定律——雷諾絕對不會去賣那些巧克力的。從那小鬼的神情看來他敢打賭，雖然那小鬼站在那裡一副嚇壞了的模樣，好像隨時會尿褲子似地，可是他並沒有倒下去。而亞奇竟然要求他賣巧克力。要求耶。

「散會。」亞奇大聲說。

突如其來的散會讓卡特嚇了一跳，他敲主席槌敲得太用力了，差點把用來當桌子的木條箱子也敲散。他有種感覺，他剛剛錯過了什麼重要事件，錯過了一個關鍵時刻。亞奇和他那些微妙的狗屁玩意兒。卡特個人是覺得，其實只要把這個雷諾小鬼抓起來狠扁一頓，朝他的下巴和屁股踹上幾拳，他就會乖乖去賣那個他媽的巧克力了。都怪亞奇和他那個我們不要有暴力。不過，無論如何，會議結束了，卡特也覺得累壞了，就好像他剛戴上拳擊手套，對著沙包結結實實打了好一會，流了滿身汗。

他再度用力敲下主席槌。

第二十六章

「哈囉！」

他的腦中一片空白。

「哈囉？」

這是她嗎？但這一定是——這是電話簿上最後一個巴雷特家的電話號碼，而且這個聲音聽起來好清新好迷人，跟他在公車站看見的那個漂亮女生好相配。

「哈囉，」他終於找回了聲音，卻像烏鴉那樣沙啞難聽。

「你是丹尼嗎？」她問。

他立刻，立刻覺得好忌妒，忌妒那個叫丹尼的，不管他是誰。

「不是。」烏鴉的沙啞聲音又來了，真可悲。

「你是誰？」她問。此刻聲音中出現了惱怒。

「妳是愛倫嗎？愛倫．巴雷特？」這名字被他唸得好奇怪。他從來沒大聲唸出這個名字來，雖然他曾經無聲地耳語過幾千遍了。

沈默。

「是這樣的，」他開始說，心臟狂亂無力地跳動。「嗯，妳不認識我，可是我每天都會看見妳……」

「你是不是什麼變態啊？」她問，一點也不像被嚇到的樣子，只是純粹的好奇，就好像在說，「嘿，媽，我剛跟一個變態在講電話。」

「不是。我是那個，公車站的那個人。」

「哪個人？哪個公車站？」她的聲音已經完全沒有先前的端莊或一本正經，而是變成一種「好傢伙，你露幾手來瞧瞧」的聲音。

他很想說，妳曾經對我微笑，昨天，還有上個禮拜，而且我愛妳，但他做不到。他突然了解到，這一切真夠愚蠢的，這情況實在太荒謬了。沒有人會只因為某個女孩對他微笑，就打電話給她，用這種方式對她自我介紹。說不定她每天都會跟上百個人微笑。

「對不起，我不應該打擾妳的。」他說。

「你真的不是丹尼嗎？你是不是故意在耍我？我跟你說，丹尼，我已經很厭煩你了，還有你那些狗屁……」

傑瑞掛上電話，不想繼續聽下去了。那個「狗屁」不斷在他的耳中縈繞，毀了他對她的幻想。這就像你遇見某個可愛的女孩，結果她咧開嘴笑時，露出一口爛牙。可是他的心臟仍然狂亂跳動著。你是不是什麼變態啊？也許我真的是。不是性變態那種，而是別種行為異常的人。會拒絕賣巧克力的人難道不算是某種行為異常？除了瘋子，誰會一直繼續拒絕賣巧克力？特別是在昨天亞奇．柯斯特洛和守夜會的最後警告之後？今天早上，他仍然堅持對雷恩修士說不。第一次，這個字為他帶來狂喜的體驗，像是某種性靈的提昇。

當那一聲不迴盪在他耳中的同時，傑瑞多麼希望學校的建築物倒塌，或者有什麼戲劇化事情發生。但什麼也沒有。他只看見羅花生震驚地搖搖頭，可是羅花生不了解這種新感受，傑瑞覺得身後的橋梁已經被燒毀，而自己卻一點也不在乎。當他回到家時，依然感覺輕飄飄的。要不是這樣，他根本沒有勇氣打電話給所有姓巴雷特的人，也沒有勇氣跟那個女孩子通話。當然，結果卻是一場悲慘的失敗。但無論如何，他還是打了電話，往前邁了一步，打破了他日復一日夜復一夜循規蹈矩的生活。

他走進廚房裡，突然覺得好餓，於是從冰箱冷凍庫裡挖了一些冰淇淋進碗裡。

「我的名字叫傑瑞．雷諾，我不要賣巧克力。」他對著空曠的公寓說。

這些話和他的聲音，聽起來很有力，很尊榮。

第二十七章

他們不該挑法藍基．羅洛來進行任務的，說真的。他是十一年級生，任性囂張，常惹麻煩。他拒絕參加任何活動，不管是體能運動或者是課外活動，而這兩者對於三一高中的學生是很重要的。羅洛也很少打開課本，更不做家庭作業，可是他的課業成績還可以，因為他滿聰明的，當然，也靠著天生的狡猾，讓他可以在課堂上求生。他最主要的專長是作弊。他的運氣也一直不錯。正常情況下，亞奇會很樂意指定他來進行任務，好看見他低頭求饒或者崩潰的模樣。在面對亞奇和守夜會時，這些所謂的頑劣分子，常常就會軟化成幾十公斤重的麻糬。每當他們不自在地站在倉庫裡，原本吊兒郎當、說大話的氣勢，就會蒸發不見。可是法藍基．羅洛並沒有。他一派輕鬆自在地站在那裡，半點也沒有膽怯的樣子。

「你叫什麼？」亞奇問。

「少來了，亞奇，」羅洛回答，對眼前愚蠢的景象微笑著，「你知道我的名字。」

觀眾充滿敬畏地沈默下來。但在沈默之前，房間裡有人倒抽了一口氣。亞奇小心翼翼地保持撲克臉，努力不讓情緒顯露臉上，可是他的內心動搖了。在這之前，從來沒人敢用這種方式回話，從來沒人敢挑戰亞奇，以及守夜會的任務。

「少在那放狗屁了，羅洛，」卡特怒斥，「快跟我們說你的名字。」停頓。亞奇無聲詛咒著。卡特這樣跳出來說話，讓他很惱火，好像卡特是來拯救他的。通常亞奇都會用他的方式主持會議，不是別人的方式。

羅洛聳聳肩。「我的名字叫法藍基．羅洛。」他像唱歌似地宣布。

「你以為你很大尾是吧？」亞奇問。

羅洛沒有回應，可是他臉上的嘻笑代替他回答了，一副理直氣壯的樣子。

「你很大尾喔，」亞奇重複著，好像他正在咀嚼著這個詞，但其實他正在拖延時間，腦筋飛快轉著。他知道這時他必須臨機應變，好把這個自大的混蛋變成一個哀叫求饒的祭品。

「這可是你說的，我沒說。」羅洛沾沾自喜地說。

「我們最喜歡把大尾的傢伙叫來這裡了，」亞奇說，「事實上，對付這些大尾的，我們是專家——我們有的是辦法，把這些大尾的變成小蚯蚓。」

「少在這裡放屁了，就憑你，亞奇？」羅洛說，「你嚇唬不了人的。」

再一次，倉庫裡出現了那種恐怖的靜默，好像一陣懾人的電波，或者是看不見的狂風，剛剛橫掃過了整間房間。即便是歐比——他一直期待著哪天會出現一個人公開挑戰亞奇．柯斯特洛——他也不敢置信地眨著眼。

「你剛才說什麼？」亞奇說，咬牙切齒，從齒縫裡把每個字吐在羅洛身上。

「少來了，你們這些傢伙。」羅洛，他轉過身，不再看著亞奇，而是面對整間屋子的人，「我可不是那種被守夜會的大壞蛋叫來開會，就會嚇得尿褲子的小鬼。屁啦，你們這些傢伙，連叫一個菜鳥新生去賣區區幾盒爛巧克力都做不到了……」

「你，羅洛——」亞奇正要說。

可是他沒有機會說完，因為卡特跳了起來。幾個月來，卡特一直在等待這一刻，他一直手癢癢的，想用實際行動解決問題，而不是一個星期又一個星期地枯坐在這間倉庫裡，看著亞奇玩他那套貓捉老鼠的爛玩意。

「你說夠了沒，羅洛？」卡特說，同時他的拳頭已經揮了出去，擊在羅洛的下巴上。羅洛的頭「啪答」一聲向後仰——就像彈手指頭那種聲音——他痛得嚎叫。羅洛舉起手來摀住臉，彷彿一個軟弱的防衛，卡特的拳頭緊接著又重重擊向他的胃部。羅洛哀號，反胃，他痛得身子前仰後合，不敢置信地蜷縮著身子，濁重地吸氣。他從身後被推撞，跌趴在地板上咳嗽、嘔吐，四肢著地爬著。

守夜會的人群中發出一陣嗡嗡的讚和聲。終於採取行動了，肢體的行動，某種你可以用眼睛看見的東西。

「把他拉出去。」

羅洛被兩個守夜會的成員拉起來，半拖半拎著走向門口。亞奇震驚地看著卡特迅速的破壞行動。他痛恨卡特迅速地搶占眾人視線的焦點，也痛恨大夥對卡特行動的讚和。這是第一次，亞奇身為任務分派者卻處於不利的地位，更何況，羅洛只是開胃小菜，只是歐比安排的會前餘興節目。事實上，今天這場會議的主要目的是要討論雷諾，以及他們該做什麼來對付這個固執、一直不肯賣巧克力的菜鳥新生。

卡特用主席槌敲打桌子，叫大家安靜。當聲音逐漸平息之後，大家可以聽見羅洛被丟在外頭體育館的地板上，然後一陣宛如馬桶沖水的嘔吐聲傳來。

「好了，安靜！」卡特命令著，聽起來很像是在大聲叫羅洛安靜。然後他轉向亞奇，「坐下。」他說。亞奇辨認出卡特聲音中的命令。有一瞬間，他有股衝動想跟卡特對嗆，但他又立刻想到，整個守夜會對於卡特處理羅洛的方式是贊成的。而且現在也沒有時間跟卡特攤牌了，眼下最重要的是要沈著冷靜。冷靜。亞奇坐下。

「我們已經到了應該面對現實的時刻了，亞奇，」卡特說，「我是這樣解讀的——如果我說錯了，就告訴我——當羅洛這種噁心的小癟三來這裡對守夜會嗆聲，那麼，一定是有哪裡錯了，大錯特錯了。我們絕不能容許像羅洛這樣的人認為他們可以在我們旁邊搗蛋。謠言會傳得飛快，而守夜會就會很快完蛋。」卡特停頓，讓大家有時間去想像守夜會萬一瓦解的話。「好，我剛才說這裡面一定有什麼事錯了，而我要告訴你們，究竟誰錯了。就是我們。」

他的話引起一陣騷動。

「怎麼會變成我們錯了？」歐比大叫，他一向有話直說。

「首先，因為我們讓守夜會的名字跟那個他媽的巧克力綁在一起，好像那是我們的小孩什麼的。其次，就像羅洛說的，我們竟然讓一個菜鳥新生把我們耍得團團轉。」他轉向亞奇，「我說的對不對，亞奇？」這個問題充滿了惡意。

亞奇沒搭腔。突然間，滿屋子人全跟他對立了，他決定什麼也不做。每當他困惑時，他就會玩起等待的遊戲，尋找著一個出口。當然了，就算他要反駁卡特的說法，也太可笑了。流言如今已傳遍學校——那個小鬼拒絕賣巧克力的事情已經是對守夜會的公然挑釁了。這也就是為什麼今天下午要召開這個會議。

「歐比，把你今天早上在學校公布欄看見的東西秀給大家看。」卡特說。

歐比迫不及待遵命。他從座椅底下拿出一張被他折成兩半的海報。攤開之後，那張海報的大小差不多有廚房的一扇窗戶那麼大。歐比把它舉高給大家看。海報上用鮮紅色字潦草地寫著：

他媽的巧克力
&
他媽的守夜會

「我會看見這張海報，是因為我數學課遲到，」歐比解釋。「這張海報就貼在大走廊上的布告欄上。」

「有很多人看見這張海報嗎？」卡特問。

「我想沒有。那時，我前一分鐘才剛經過布告欄，走去儲物櫃那邊拿我的數學課本。當時我瞄了一眼布告欄，並沒有看見這張海報。所以說，應該還沒有人看過這張海報。」

「你覺得這張海報是不是雷諾貼的？」有人問。

「不是，」卡特惱怒地說，「雷諾不需要到處去貼海報。他已經有好幾個星期公開說『去你媽的守夜會和巧克力』了，而這張海報不一樣。它表示，話都已經傳開了：如果雷諾可以公開抵抗守夜會卻沒事的話，那麼其他人就會跟進。」終於，他轉頭看向亞奇。「好吧，亞奇，你是守夜會的智多星，也是你讓我們蹚進這攤渾水的，你說我們該怎麼辦？」

「你這是在庸人自擾，」亞奇說，聲音安詳而自在。他知道他必須做什麼——重新取得先前的地位，把羅洛來挑釁的事從大家的腦海中抹去，並證明他亞奇．柯斯特洛依舊掌控全局。他必須讓他們相信，他可以擺平雷諾和巧克力的事。而且他已經準備好了。當卡特在發表演說而歐比在四處展示海報的時候，他的腦子飛快轉動，想著點子，並且已經權衡過利弊得失了。無論如何，壓力一向能激發他的潛力，讓他表現得更出色。「首先，你們總不能到處去抓人，把半數的學生都抓起來痛打一頓，這也就是我一向不主張用暴力手段來進行任務的原因。如果我們開始使用暴力傷人的話，修士們一定會立刻把我們解散，其他學生也會開始真正反抗我們。」

注意到卡特皺著眉頭，亞奇決定扔給他一根骨頭啃啃——卡特畢竟是守夜會的會長，會議也是由他主持的，再加上，如果讓他變成敵人也會很危險。「好啦，卡特，我承認你剛才對羅洛的事處理得很漂亮，而且他實在也玩得太超過了。可是羅洛根本不算個屁，就算他躺在那堆嘔吐穢物上面，直到世界末日都不會有人鳥他。話說回來，羅洛只能算是個例外。」

「羅洛不是例外，他是例子當中的一個，」卡特說，「只要剛剛的事情一傳開，我們就不必擔心那些自作聰明的傢伙，或者又有人去貼海報。」

亞奇希望盡快把這個話題結束掉，他轉移焦點，「可是，這並不能把巧克力賣掉，卡特。」亞奇說，「你剛剛也說，我們已經把巧克力和守夜會綁在一起了，所以，現在的解決之道很簡單，就是盡快把這些該死的巧克力解決掉。讓我們來把巧克力賣掉吧。如果雷諾是因為不肯賣巧克力而變成某種抗爭英雄，那麼反過來說，如果這學校裡的每個人，除了他以外，都在狂熱地賣巧克力，那他該死的會變成怎樣？」

竊竊私語的讚和聲從群眾中傳來，可是卡特仍然一副很困惑的樣子，「可是，亞奇，我們要怎麼做才能讓全校學生開始賣巧克力？」

亞奇發出一陣沈著自信的笑聲，但他握起的拳頭卻在冒汗，「很簡單，卡特。所有謀略和計畫的最核心部分都很簡單，這件事情也一樣。」所有的人都在等待，彷彿他們都被魔咒定住了，每當亞奇開始描述一件任務的計畫時，大家都是這副神情。「我們要把賣巧克力這件事搞得很時髦。只要讓賣東西變成很酷的行為就成了。我們要開始散播消息，我們動員組織，讓所有學科教室的學生幹部、導師教室的幹部、學生會幹部，以及所有具有影響力的學生都一起動起來。讓我們來為古老的三位一體精神而奮戰，每個人都來賣巧克力吧！」

「等等，並不是所有人都願意賣五十盒巧克力，亞奇。」歐比大叫，他很困惑，不知為何，亞奇又開始掌控全局了——他本來以為這絕不可能發生。

「他們會的，歐比。」亞奇預言，「他們會的。大家都告訴你說，做你該做的事，歐比，做你該做的事。好吧，那我們就讓賣巧克力變成非做不可的事。當然，一如往常的，守夜會要帶頭去做。全校都會愛死我們了——因為我們會幫他們把手上的巧克力全部清掉。我們可以先跟雷恩修士以及其他老師私下談好，要不然你們以為我一開始怎麼會答應要支持雷恩的？」亞奇的聲音很平穩，充滿保證。所有守夜會成員現在都認出來了，這種穩健的聲音就是亞奇的招牌，當他手氣特別順，氣勢特別旺，玩得特別酷的時候，這種聲音就會出現。他們很欣賞卡特用拳頭修理羅洛那個小鱉三，可是，讓亞奇來掌控全局，他們更有安全感。亞奇可以讓他們享受到一浪接一浪高潮的驚奇快感。

「那雷諾呢？」卡特問。

「別擔心雷諾。」

「可是我擔心，我擔心這小子會是麻煩。」卡特說，挖苦地，「他可是讓一些人反對我們。」

「雷諾的事情會自己解決，」亞奇說。卡特和其他人怎麼還是不懂？難道他們都不了解人性嗎，也看不懂事情的發展趨勢？「讓我這樣說吧，卡特，在巧克力賣完之前，雷諾就會徹底後悔他沒有加入賣巧克力的行列。而且全校都會很高興他沒賣。」

「好吧。」卡特說，敲著手中的槌子。每當他對自己缺乏信心的時候，就會開始敲起主席槌。這根主席槌是他的手的延伸。不過他多少也能感覺到，亞奇已經贏得勝利，逃出他的掌握了。卡特說，「那你要小心，亞奇，如果這件事到最後和你說的不一樣，如果巧克力銷售不成功的話，那麼你就毀了，你懂嗎？你就玩完了，甚至不必由黑盒子來決定。」

血液衝上亞奇的兩頰，一股危險的衝動刺激著他。從來沒有人敢用這種方式跟他講話，從來沒敢在這麼多人面前。他竭盡全力隱藏起他的羞辱感，讓自己放鬆下來，讓嘴角上的笑意牢牢黏在那裡，就像酒瓶上的標籤。

「你最好是對的，亞奇，」卡特說，「就我來看，從現在開始，你列入觀察名單了，直到所有的巧克力都賣掉為止。」

這是最後的羞辱。觀察名單。

亞奇繼續保持那抹微笑在臉上，直到他覺得臉頰都被快嘎吱碎掉了。

第二十八章

他把球傳給姬默特，球「啪」地撲進姬默特的懷裡，被緊抱著，等著卡特衝過碼線來搶。在這一波攻防裡，傑瑞必須把卡特撲倒，雖然傑瑞並不喜歡這個任務。卡特起碼比他重了二十幾公斤，而且是教練請來幫忙訓練這群新生球員，好讓他們「機靈點兒」。但教練又常常說，「不用管對方多高壯，重要的是你怎麼對付他。」此刻，傑瑞正在等候卡特從一團混亂的人體叢林中衝出來，而同時，姬默特也閃開對方的絆鋒。卡特衝出來了，他像一輛高速行駛的貨運火車般橫衝直撞，試圖撲向姬默特。但太慢了，他慢了一步。傑瑞陡地跳起來，撲向他，身體壓低，目標對準卡特脆弱的膝蓋，這是教練精確指定的位置。一陣天旋地轉，眼冒金星——好像是國慶日放的煙火——傑瑞感覺自己衝撞在地，手腳都扭曲了，而且是和卡特的手腳糾纏在一起。這種光明正大的衝撞令人感覺喜悅。美式足球的正面衝突，也許不像傳球成功或者做假動作騙過對手那麼漂亮，但無論如何它還是讓人覺得很帥，而且很雄壯、很光榮。

泥土和青草地的潮溼氣味衝入傑瑞的鼻孔中，真好聞，有那麼一瞬間，他放任自己沈浸在這片甜美的氣味中，但他心裡明白，他必須執行任務：逮住卡特。他用餘光瞄到卡特已經站起身來，像是有點震驚似地搖搖頭。傑瑞也站起身來，笑了。突然，背後有人攻擊他，惡意的一拳，朝向他的後腰，而且力道猛烈。他的膝蓋瞬間彎曲，讓他再度跌向地面。當他試圖轉身看清楚是誰攻擊他時，另一拳揍了過來，不知道揍在哪個位置，傑瑞只覺得自己失去了平衡，再度撲倒在地，痛得飆出眼淚，溼了兩頰。他四面張望，發現所有的人都已經站回發球位置上，準備進行下一波的攻防。

「快點回來，雷諾。」教練叫著。

他用單邊膝蓋撐起身體，然後奮力用雙膝站起來。劇烈的痛楚過去了，逐漸轉變成一種隱隱然的痠疼，傳遍全身。

「快，快。」教練催促著，一如往常般不耐煩。

傑瑞輕緩地走回隊伍裡去。他把頭和肩膀湊入隊友的圈子商議著，考慮下一波攻防的戰略，但有一部分的他，心思已經不在球賽和攻防上了。他抬起頭來，瞄著球場，好像正在思索著下一步要怎麼做。到底是誰這樣兇狠地衝撞他？是誰這麼恨他，竟然用這麼惡劣的方式攻擊他？

不是卡特——卡特一直在他的視線之中。那麼會是誰呢？任何人都有可能。說不定還是他的隊友。

「你還好吧？」有人詢問他。

傑瑞再度投入戰略的討論中。他叫出了他要扮演的角色——跑陣。如果他持球跑陣，那就可以看見所有人的情況，至少不會這麼容易被偷襲。

「我們進攻吧。」他說，讓自己的聲音顯得很有活力，也讓所有人知道他很好，很棒，可以隨時展開攻擊。但他注意到，當他走動時，他胸腔的肋骨好痛。

傑瑞走到中鋒後面排好隊，他再度抬起頭來，掃視全部的球員。在這些人中，有人企圖將他幹掉。

就在他叫出攻擊信號時，他祈禱著，讓我的背後也長著眼睛吧。

他把鑰匙插入前門的鑰匙孔時，聽見電話鈴響起。他急忙轉動鑰匙，推開門，任由它敞開著，一面把手上的書本扔在走道上的椅子裡。鈴聲繼續響個不停，在空蕩蕩的公寓裡更顯得孤寂異常。

終於，他從牆上抓起話筒。

「哈囉。」

沈默。甚至沒聽見撥號鈴聲。然後，一個模糊的聲音劃破沈默，像似從遠方傳來，逐漸接近。那個聲音咯咯笑著，帶著親暱意味，感覺上好像在分享一個私人的笑話。

「哈囉。」傑瑞再度說。

現在，那個咯咯笑聲更清楚了。這是猥褻電話嗎？可是，只有女孩子才會接到這種電話，不是嗎？對方再度咯咯笑了起來，更加清楚，更大聲，但仍充滿親密和暗示意味。這一咯咯笑聲似乎在說，我知道了某種你不知道的事。

「你是誰？」傑瑞問。

接著嘟嘟聲響起，好像放屁聲，不斷在他的耳中響著。

那天夜裡十一點的時候，電話再度響起。傑瑞猜想是他父親打來的——他今天在藥局裡值大夜班。

他拿起話筒說哈囉。

沒有回應。

也沒有任何聲音傳來。

他本來打算把電話掛上，但某個念頭讓他繼續拿著話筒，貼近耳朵，等待著。

咯咯笑聲又來了。

比起下午三點鐘那次的笑聲更加肆無忌憚。或許是因為這麼深的夜、外頭那麼暗的黑，以及公寓裡昏黃的燈光，都讓這個聲音顯得邪惡無比。別想太多，傑瑞對自己說，這種事情在晚上感覺起來總是比較糟。

「嘿，到底是誰？」他問，盡量讓自己的聲音不受影響。

還是那個咯咯笑聲，在寂靜夜晚的掩護下，顯得更加邪惡。

「這是什麼詭計嗎？你是什麼見不得人的瘋子？愚蠢的笨蛋？」傑瑞試著引他說話，激怒他。

咯咯笑聲轉變成嘲笑的貓頭鷹叫聲。

然後嘟嘟聲又響起。

他很少在儲物櫃裡放什麼貴重的物品。學校裡「順手牽羊」的現象很猖獗——學生們不是真的要偷東西，但如果你的儲物櫃沒鎖上，或者東西沒放好，他們就會順手把看見的東西拿走。當然也沒必要特地去買鎖——這種鎖只要一天就會被人破壞掉。在三一高中裡，個人隱私是不存在的。大部分學生對於別人的隱私權根本不在乎，更不會尊重。他們會去搜刮別人的桌子抽屜，打開一個沒關上的儲物櫃來瞧，甚至還會經常把別人的書本翻過一遍，看看裡面有沒有夾著什麼值錢的東西——不管是鈔票、瓶瓶罐罐的、書本、手錶、衣服等等，任何東西都有可能被順手拿走。

就在第一次接到騷擾電話的隔天早上，傑瑞打開他的儲物櫃，不敢置信搖著頭。他的海報被人用墨水或者某種藍色水彩塗得髒兮兮的。海報上那行字被塗改得亂七八糟。我敢不敢撼動這宇宙？如今已經變成了某些怪異、難以辨認的字。這實在是很無聊，很無聊的破壞行為，但傑瑞覺得害怕勝過憤怒。到底是誰會做這種瘋狂的事？再低頭往下看，他發現新買的球鞋被割破了，鞋面上的帆布被劃成一條條的碎片，像是一團碎布。他昨天實在不應該把球鞋留在學校的儲物櫃裡。

破壞海報是一回事——像這種惡劣、禽獸的惡作劇，每個學校都會發生，因為每個學校裡難免都會有禽獸，甚至還有守夜會。可是，割破球鞋，這就不是什麼惡作劇了。這是蓄意的行為，有人在警告他。

那些電話。

球場上的偷襲。

加上現在這個。

他迅速關上儲物櫃，免得有人瞧見裡面被破壞的東西。為了某種原因，他覺得很羞愧。

他夢見一場火災，一團熊熊火焰，把不知名的牆壁吞沒，警報器響起，接著他發現那不是火災警報器，而是電話鈴聲。傑瑞從床上爬起來，跌跌撞撞衝出房門。走到走道時，他看見父親正把電話筒掛上。「最近老是發生一些奇怪的事。」老舊的時鐘敲了兩下。

傑瑞不需要眨眼來讓自己清醒。此刻他已經全然清醒過來了，腳底下冰冷的地板讓他全身顫抖。

「是誰啊？」他問。雖然他明知道是怎麼回事。

「不知道。」他爸爸回答，一副厭惡的樣子。「昨天晚上差不多這時候也同樣有人打來。不過你睡著了，沒被吵醒。電話那頭有個瘋子，一直在咯咯笑，好像知道了什麼全世界最好笑的事。」他走過來，揉亂傑瑞的頭髮，「回去睡覺吧，傑瑞。這世界總是有一些神經病到處作怪。」

過了好幾個小時之後，傑瑞才終於跌入無夢的睡眠中。

「雷諾。」安德魯修士叫喚。

傑瑞抬起頭看。他正沈浸在藝術課的新作業裡——模擬畫出一棟兩層樓的建築物，以便了解透視技法。這是一個簡單的練習，不過他很喜歡這種規律的線條，以及平面與角度所形成的簡潔、單純的美。

「是，修士。」

「你的水彩畫。風景畫的作業。」

「嗯？」他很困惑，水彩畫是這門課最重要的一個作業，他花了一個星期努力畫才完成的，因為傑瑞並不擅長隨性的塗鴉。他對於規矩的或幾何線條的設計比較有把握，這種作品的組成元素，比較容易清楚界定。不過，水彩畫占了這門課百分之五十的成績。

「今天是交水彩畫作業的最後一天。」修士說，「我這裡還沒看見你的作品。」

「可是我昨天已經把作業放在你的桌子上了。」傑瑞說。

「昨天？」安德魯修士說，好像他從沒聽過昨天。他是一個很挑剔很要求精確的人，原本是教數學的老師，不過有時也兼任藝術入門的教師。

「是的，老師。」傑瑞很肯定的說。

修士的眉毛拱了起來，逐一檢閱桌上的一疊繪畫作業。

傑瑞暗自嘆著氣，內心裡知道沒望了。他猜想修士是找不到那張圖畫的。他很想轉過頭去看看同班同學中，有沒有哪張臉孔露出滿足的笑容。嘿，你變得太偏激了，他對自己說。誰會潛入這間教室，偷走你的畫？誰會一直盯著你，知道你昨天交了作業？

安德魯修士抬起頭，「套句陳腔濫調，雷諾，我們陷入兩難的局面。你的風景畫不在這裡，所以現在只有兩種可能，要嘛就是我把你的畫弄丟了，但我從來沒有把風景畫搞丟的習慣……，」老師頓住，不可思議地，他好像正在等候有笑聲回應，而且也真的很不可思議，教室裡果真響起了一陣笑聲。「……要嘛就是你的記憶力有問題。」

「我交了，修士。」很堅決，一點也不驚慌。

老師筆直地望入傑瑞的眼睛。傑瑞看見老師眼中明明白白的懷疑，「好吧，雷諾，可能我真的養成了把風景畫搞丟的習慣，」他說，傑瑞突然覺得老師跟他是同一國的，「不管怎麼說，我再找找看。也許我把它放在教師休息室裡了。」

不知為何，這個評論竟然也引起了一陣笑聲，甚至連修士自己也哈哈大笑。現在已經超過下課時間了，而且時間也已經很晚了，所有同學都需要放鬆，把一切放下，找點樂子。傑瑞很希望能轉頭看看四周的同學，看看哪一雙眼睛對於遺失的水彩畫，露出勝利的光芒。

「當然了，雷諾，就算我再有同情心，但只要我沒找到那張風景畫，這學期我就必須把你當掉。」

傑瑞打開他的儲物櫃。

裡頭依然一片凌亂。他沒把海報撕下來，也沒把球鞋丟掉，只是留著它們做為一種象徵。象徵什麼東西呢？他也不確定。他充滿渴望地看著海報，推敲著被毀掉的文字：我敢不敢撼動這宇宙？

此刻他置身於走廊上，周遭雜亂，各種混亂的聲音傳來，儲物櫃門開開關關的碰撞聲、尖叫聲、口哨聲、腳步雜沓聲……人們急忙衝去參加課外活動——美式足球、拳擊、辯論社等等。

我敢不敢去撼動整個宇宙？

是的，我敢，我敢。我想我敢。

傑瑞聳聳肩，突然了解到海報上的意思——那個孤單的男人站在海灘上，抬頭往上看，孤寂，無畏，平靜地融入當下宇宙的瞬間，讓他自己被全世界聽見，被天地萬物所理解。

第二十九章

帥啊！

布萊恩．柯朗把總數算了一遍又一遍，他玩弄著這些數字，戲耍著，彷彿他是馬戲團裡的雜耍藝人，而這些數字是那些讓人眼花撩亂的拋擲道具。他等不及跟雷恩修士報告戰果了。

在過去短短幾天裡，銷售數字直線上升。沒錯，「直線」正是最恰當的形容詞。布萊恩覺得自己快沈醉在這些數字裡了，因為這些數字就像酒精，讓他醉茫茫、身體輕飄飄、頭暈暈的。

到底發生什麼事了？他也不確定。他找不出什麼原因來解釋這場大逆轉，令人驚喜的「向上提升」、完全料想不到的銷售激增。可是，銷售成功的證據不僅展現在他眼前的這些數字裡，還在整個學校裡流竄。布萊恩親眼看見了大家像發燒似地捲入銷售活動裡，而且巧克力也突然間成為一種時尚、一種狂熱。大家熱中的模樣，就像被他國小一、二年級流行的呼拉圈套住了似的，就像幾年前流行的遊行示威運動。

傳言說，守夜會把這次的義賣變成一場前所未有的十字軍聖戰。這是有可能的，雖然布萊恩自己並沒有去求證——他一直設法閃避守夜會的人。但無論如何，他還是會看見一些比較活躍的守夜會成員等在走廊上，把路過的學生攔下來，檢查他們的銷售成績，對那些只賣掉幾盒的學生威脅地耳語。每天下午，成群學生離開學校，手上拿著巧克力。他們共乘汽車離開。布萊恩聽說，這些銷售車隊分別到不同社區去，挨家挨戶按門鈴，敲門，每個人都積極得不得了，四處推銷巧克力，就跟那些拿了高額紅利的百科全書推銷員沒兩樣，吼，我的老天啊！布萊恩聽見有人報告說，他得到許可，進入當地一家工廠去推銷，於是呢，四個學生就合力把這家工廠走了一圈，結果在短短幾個小時之內就賣出了三百盒巧克力。這種銷售狂潮，讓布萊恩樂得快跳上天，他先是把這個豐功偉績記在帳簿上，接著迅速地衝到禮堂的大看板去，公布這一佳績。如今，禮堂已經成為大家目光的焦點。「嘿，你們看！」有個學生大叫著，要大家觀看剛剛公布的銷售成績。「吉米．迪美司賣掉了五十盒！」

這是這場銷售活動很詭異的部分，因為銷售成績算誰的是由學生們自己分配。布萊恩不太確定這樣做好不好，不過他並沒有去爭論這一點——反正雷恩修士在乎的是結果，布萊恩也是。但布萊恩仍然覺得這種方式怪怪的。舉例來說，幾分鐘之前，卡特走進辦公室來，手上握著一把鈔票。布萊恩以最崇敬的姿態款待卡特——他可是守夜會的頭頭呢。

「好啦，小鬼。」卡特說，把錢扔在桌子上，包括鈔票和零錢。「這是收到的錢。賣了七十五盒——一百五十元美金。算一下。」

「好。」布萊恩跳起來接下這個任務，在卡特的注視之下點算了錢。他的手指顫抖著，一面告誡自己絕對不可以算錯。一定要讓它精確地算出一百五十。

「一點不差。」布萊恩報告。

接著，怪怪的部分來了。

「讓我看一下名冊。」卡特說。

布萊恩把名冊遞過去。每個名字旁邊的格子上都記著收到的金額，只要錢收進來布萊恩就會記下來。這裡紀錄的盒數金額和掛在禮堂裡那個大看板上的數字是一致的。卡特盯著那本名冊看了好一會之後，告訴布萊恩說，把這筆銷售成績記在幾位學生的名下。布萊恩把卡特唸的名字一一填上去：修特……十三盒……戴禮洛……九盒……勒莫尼……十六盒。以此類推，直到七十五盒巧克力的銷售額度被攤在七或八位學生的名字下。

「這些學生很辛苦地賣巧克力，」卡特說，臉上掛著一個怪異的笑容，「我希望確定他們得到應有的榮譽。」

「沒錯，」布萊恩說，臉色一點也沒變。他當然明白，卡特挑選的這些學生並沒有真的去賣巧克力，不過這不關他的事。

「今天有多少學生達成了五十盒的銷售目標？」卡特問。

布萊恩查了一下他的本子，「六個，包括修特和勒白朗。剛剛賣到的成績，讓他們登上了銷售排行榜。」布萊恩擺出正直嚴謹的臉。

「你知道嗎，柯朗，你真是個聰明的傢伙，很酷喔，你很快就抓到重點了。」

快？見鬼了，他們已經把這一場銷售耍弄了一整個星期，而布萊恩是花了整整兩天才終於弄明白的。此刻，他有種衝動想要問卡特，這個巧克力銷售活動是不是已經變成守夜會的作業，就像亞奇．柯斯特洛所分配的任務？不過他最後還是決定忍住他的好奇心。

就在中午結束之前，到工廠去的那個銷售團隊凱旋歸來，歡欣鼓舞地宣布前所未有的勝利。他們回報來一筆銷售成績——有四百七十五盒巧克力被賣掉——以及熱騰騰的現金。

當雷恩修士抵達辦公室，兩人把所有的銷售成績加總之後，發現到目前為止，已經賣掉了一千五百一十盒巧克力。只剩下五百盒巧克力——或者正確地說，是四百九十盒巧克力，一如雷恩修士以吹毛求疵的態度指出來的。不過，雷恩今天並不太介意這點差異。他看起來也是是樂陶陶、茫酥酥，很嗨的樣子。他水汪汪的眼睛因為這一銷售大勝利而閃亮亮的。

他甚至還叫了布萊恩的名字而不是他的姓氏。

當布萊恩到禮堂去登記最新的銷售成績時，一群人圍著他，爆出熱烈的掌聲。在這之前，從來沒有人為布萊恩．柯朗鼓掌的。他覺得自己就像一位美式足球隊的英雄，連他自己都沒料到呢。

第三十章

沒有必要繼續點名問巧克力的銷售成績了，因為現在大多數學生都是把收來的錢，直接交到辦公室給布萊恩．柯朗。可是雷恩修士仍然堅持這一儀式。羅花生注意到，如今點名過程已經變成老師的餘興節目。他把這件事搞得非常隆重，首先，他會把大家報給布萊恩．柯朗的銷售數字抄錄下來，然後將細節跟班上同學宣布，並且一再地提到名字和總數，盡量把整個情勢弄得非常戲劇性，非常盛大。而他寵愛的學生或者像大衛．卡羅尼這種被嚇壞的學生，還會大聲吟誦著他們的銷售數字，好讓雷恩更加得意。

「讓我瞧瞧，哈特尼，」雷恩說，搖搖頭表示愉悅的驚奇，「報告上說，你昨天賣掉了十五盒巧克力，真是太美妙了！」他同時狡黠地看了傑瑞一眼。

當然，這一切真是太可笑了！因為哈特尼壓根兒一盒都沒賣。這些銷售數字都是好幾群傢伙每天下午四處去推銷製造出來的。現在整個學校都為巧克力瘋狂。不過，羅花生沒有。為了表示對傑瑞的同情，他已經決定不要繼續賣巧克力了，所以他的銷售總數一直停留在上星期的二十七盒沒改變。這是他最起碼能做的。

「馬藍，」雷恩點到下一個學生。

「七盒。」

「讓我看一下，馬藍，現在……咦，你的總數已經有四十七盒了。恭喜恭喜！馬藍。我確信你今天就能把剩下的三盒賣掉。」

羅花生坐在位子上，畏縮了一下。接著是帕門堤爾，然後就會輪到傑瑞。他用餘光瞄著傑瑞，見他挺直地坐在位子上，好像也很期待被點到名。

「帕門堤爾。」

「七盒。」

「帕門堤爾，帕門堤爾啊，」雷恩驚訝地說，「這麼一來，你的總數，沒錯，聖喬治保佑，已經五十盒了！你已經完成額度了欸，帕門堤爾。我的好孩子！好孩子！各位紳士們，讓我們熱烈為他歡呼。」

羅花生假裝歡呼——聲音盡量小。

停頓。然後雷恩的聲音大聲歡唱出，「雷諾！」的確是「歡唱」沒錯。他的聲音充滿喜悅與感情，而且好像在唱歌。羅花生了解到，雷恩現在根本不在乎傑瑞有沒有賣巧克力了。

「沒有。」傑瑞回答，他的聲音清晰、有力，隱含著對自己的鼓舞。

也許他們兩人都可以獲得勝利。也許到最後，雙方攤牌的場面可以避開也說不定。現在銷售已經接近尾聲，也許他們可以一直僵持到最後，然後終於被遺忘，被淹沒在學校其他的活動裡。

「雷恩修士。」

所有的眼睛轉向正在說話的哈洛・達西。

「怎樣，達西？」

「我可以問一個問題嗎？」

老師惱怒地皺了眉頭。他現在正在享受美好的勝利榮光，竟然有人膽敢來打擾。

「當然，當然，達西。」

「你可以問一下雷諾嗎，為什麼他不跟其他人一樣賣巧克力？」

汽車喇叭聲從好幾條街道外傳來。雷恩修士的臉色轉為警戒。「你為什麼想知道？」他問。

「我想我有權利知道。其他同學也有權利知道。」他看了看四周學生，尋求支持。有個人大叫，「沒錯。」達西說，「每個人都盡了自己的本分，為什麼雷諾不用？」

「你想回答嗎，雷諾？」老師說，溼亮的眼睛閃現光芒，隱含著赤裸裸的惡意。

傑瑞頓了一下，臉色發紅。「這是一個自由的國家。」他說，引起一陣哄堂大笑。還有人發出吃吃竊笑聲。雷恩修士明顯露出喜悅的神色，羅花生覺得很噁心。

「恐怕我得建議你，要說得更有創意一點，」雷恩修士說，一如往常地裝模作樣。

羅花生可以看見傑瑞的臉龐漲得通紅。他也知道班上已經改變了，情緒和氣氛都有了一種微妙的改變。在這一次的早點名之前，班上同學是中立的，對於傑瑞的立場並沒有什麼特別的看法，始終維持著任由他自生自滅的態度。但是今天，空氣中卻瀰漫著憎恨。甚至不只是憎恨而已——可以說是敵意。就拿哈洛．達西來說好了。平常他只是一個普通學生，只關心他自己的事情，對於周遭的事，不管是改革或新奇點子，都沒有特別意見。而現在，他卻突然開始質疑起傑瑞來了。

一股同仇敵愾的情緒瀰漫在課堂上。

「你是不是自認為比我們大家都優越？」達西大叫。

「不是。」

「那麼你認為你是誰啊？」菲爾．波維問。

「我是傑瑞．雷諾，我不打算賣巧克力。」

該死，羅花生想道。他為什麼不能稍微屈服一下，只要一下下。

下課鐘聲響起。有一片刻，學生們坐在那裡，等待著，他們知道這件事還沒終了。等待中隱含著毛骨悚然的氣氛。然後這一刻被打破了，學生們紛紛把椅子推開，站起身來，一如往常地走出教室。沒有人看向傑瑞．雷諾。在羅花生追到門口之前，傑瑞已經迅速趕往下一堂課的教室去了。有一群男生，哈洛．達西也在其中，他們惱怒地站在走廊上，看著傑瑞遠去。

那天下午稍晚的時候，羅花生正好漫步經過禮堂，被歡呼聲和叫喊聲吸引住，而停下腳步。他站在禮堂人群的後方，看見布萊恩．柯朗正在公告最新的銷售紀錄。當時大概有五十或六十個學生在場，照理說這時候不應該有這麼多人在這裡的。每一次布萊恩．柯朗寫了一筆新的紀錄，群眾們就在大塊頭卡特的帶領之下，爆出熱烈的掌聲。卡特自己大概連一盒巧克力都沒去賣，但他可以指使別人幫他做這件粗活。

布萊恩．柯朗根據他手上的一張紙，忙碌地在三塊大看板上填寫數字。現在，他正在羅南．古博的名字旁邊，填寫下數字五十。

有一瞬間，羅花生沒有意會到羅南．古博是誰——他只是觀看著，覺得很神奇，不敢置信。然後——嘿，那是我！

「羅花生賣掉了他的五十盒巧克力！」有人大叫。

歡呼，掌聲，還有震耳欲聾的口哨聲。

羅花生正想走上前去抗議。他只賣了二十七盒巧克力，該死！而且他在二十七盒之後就沒去賣了，這是他對傑瑞的支持，儘管沒有人知道他的支持，即使是傑瑞也不知道。可是現在，整件事情都蒸發了，他發現自己不斷、不斷往下墜，直到墜入地面上的影子裡，好像他被縮小，變不見了。但他也不想惹麻煩。他的麻煩已經夠多了，而且他也挺住了。可是他知道，如果他走出去，對那群正在歡呼的群眾說，把他名字旁邊的五十盒更正，那麼他的麻煩還會迅速增加。

出了禮堂，羅花生走在走廊上，呼吸急促。除此之外，他什麼也感覺不到。他真希望自己什麼都不要感覺。他不要去感覺墮落。他不要去感覺自己像個叛徒。他不要去感覺自己渺小而懦弱。但，如果他沒有感覺到這些事，為什麼他會一路痛哭著走向他的儲物櫃。

第三十一章

「小鬼，你急什麼？」

這種音調很熟悉——這種音調是全世界惡霸共同的音調，譬如說哈維．葛藍希，他是傑瑞小學三年級時，經常堵在聖約翰小學門口等他的人；還有艾迪．何曼，以前夏令營的時候，他總是幸災樂禍地用一些小把戲折磨年紀比較小的小孩；另外還有一個完全陌生的傢伙，有一年夏天，傑瑞在一個馬戲團外面被那人攔下來，手上的戲票被搶走，撕得破爛。這也是他現在聽到的聲音：全世界惡霸的聲音，麻煩製造者，也是全世界最自以為是的傢伙。嘲弄、挑釁、哄騙，找麻煩。小鬼，你急什麼？這是全世界惡霸共同的聲音。

傑瑞看著他。那個傢伙以輕蔑的姿勢站在他面前，雙腳穩穩站著，腿微微張開，兩手橫在身體兩側的大腿上，好像他披戴了雙槍皮套，隨時可以拔出手槍來決鬥，又好像是日本空手道高手，正準備用雙手劈砍對手。傑瑞對於空手道一點也不熟，只除了曾在最狂野的夢裡用來無情地打敗敵人。

「我在問你，」那個傢伙說。

傑瑞現在已經認出他是誰了——一個自以為了不起的傢伙，名字叫愛彌兒．詹達。新生們的天敵，最好離遠遠的人。

「我知道你在問我。」傑瑞說，嘆了口氣，他知道接下來會發生什麼。

「我問了什麼？」

就是這樣。先是奚落，貓捉老鼠遊戲的開胃前菜。

「就是你剛剛問我的問題，」傑瑞閃避著，不過他也知道這是沒用的。不管說些什麼都不重要，他怎麼說也都無所謂。詹達只是在找一個破綻，而且他也一定會找到的。

「那是什麼？」

「你想知道我為什麼這麼急。」

詹達微笑著，他已經先搶得一分了，贏得小小勝利。臉上露出沾沾自喜而優越的笑容，這是一種心知肚明的笑容，好像他知道傑瑞所有的祕密，知道一大堆傑瑞見不得人的事。

「知道嗎？」

傑瑞等著。

「你看起來很自以為是。」詹達說。

為什麼那些自以為是的傢伙都喜歡說別人自以為是。

「你為什麼會認為我自以為是？」傑瑞問，試著做困獸之鬥，希望有人經過這裡。他想起有一次他被哈維．葛藍希逼到老舊的男生廁所去的時候，恰好范諾夫先生經過拯救了他。可是現在四周都沒人。剛剛美式足球隊的練習真是一團糟。他傳球連一次也沒成功，於是教練氣得叫他先走。你今天狀況不好，雷諾，去沖個澡什麼的。在離開的時候，他瞥見了一些竊笑，幾位球員臉上迅速閃過笑意，於是他立刻明白了。他們故意讓他傳去的球掉落，也故意不阻攔對手。現在羅花生已經退出球隊，他不知道可以信任誰。你太偏激了，他訓誡自己，一面蹣跚地沿著走道，從球場走向體育館。看來詹達應該也是在這裡練習，但主要目的是在等他。

「為什麼我會認為你自以為是？」詹達問，「因為你太會裝了啦，小鬼，你裝作很正常的樣子跟別人混在一起，可是你騙不了我的。你根本就是躲在櫃子裡不敢用真面目見人。」詹達微笑，一種了然於心，只有你知我知的微笑，親暱的、賊賊的笑容。

「你這是什麼意思？什麼櫃子？」

詹達大笑，很開心的，用手掌撫摸著傑瑞的臉頰，短暫的輕觸，好像他們是老朋友了，正在進行友善的聊天。在這個十月的下午，微風輕吹，落葉在他們四周打轉飄著，好像是婚禮上灑落的五彩碎紙片。傑瑞大概知道詹達要做什麼——詹達渴望要行動、肢體接觸、暴力，而且他已經越來越不耐煩了。但他不想由他開始。他想刺激傑瑞先開打——這是那些惡霸一貫的技倆，這樣他們在大屠殺之後就沒有任何責任了。是他先開始的，他們總是這樣宣稱。很奇怪的是，傑瑞覺得自己可以打贏詹達。他感覺體內聚集了一股暴戾之氣，讓他覺得自己有足夠的氣力和耐力。可是他一點也不想打，他不想對這種高中校園暴力回擊，雖然校園裡有些學生私底下覺得這樣很神勇，可是他一點也不覺得，他完全不覺得有必要用流血的鼻子、黑眼圈和斷裂的牙齒來證明自己。最主要的，他不想打架的原因就跟他拒絕賣巧克力的原因相同，他希望有自己的意志，自己做主，就像他們說的。

「這就是我說的，櫃子，」詹達說，他的手再度伸出來輕刮、搔弄著傑瑞的臉頰，這次還戀戀不捨地，甚至有一兩秒間輕微撫弄著。「你就躲在裡面不肯出來。」

「躲什麼？躲開誰？」

「躲開所有人。甚至是躲開你自己。把內心深處最黑暗的祕密藏起來。」

「什麼祕密？」傑瑞現在全然困惑了。

「這祕密就是——你是個娘娘腔、同性戀。你活在陰暗的櫃子裡，躲避所有人。」

傑瑞幾乎吐了出來。他差點就忍不住噁心的胃液。

「嘿，你臉紅了，」詹達說，「娘娘腔的蘋果臉……」

「聽著……」傑瑞想說，卻不知道，真是的，該怎麼說或者從哪裡說起。全世界最糟糕的事情就是被叫做同性戀。

「你，才給我聽著。」詹達說，倏地變得冷酷了，知道他剛剛戳到了對方無法忍受的痛腳。「你褻瀆了三一高中。你不肯像其他人一樣賣巧克力，而現在我們又發現你是個同性戀。」他嘲弄地搖搖頭，以誇張的姿態讚美著，「你真是了不起啊，知道嗎？三一高中有許多測驗和方法，可以把同性戀揪出來，不過你應該夠聰明可以躲得過，不是嗎？你一定會徹底融化的——噢喔，有四百個青春成熟的肉體讓你摩蹭……」

「我不是同性戀。」

「吻我，」詹達說，用變態的姿勢噘起嘴唇。

「畜生！」傑瑞說。

這個名詞停留在空中，就像一面宣戰的旗子。而詹達微笑了，一種充滿勝利的微笑。這就是他要的，他達成目的了，當然。這也就是他把傑瑞攔下來的原因，羞辱他。

「你剛剛叫我什麼？」詹達說。

「畜生。」傑瑞說，緩慢說著，讓這兩個字響亮又清楚。現在他開始渴望打架了。

詹達的頭向後一仰，哈哈大笑。這笑聲嚇了傑瑞一跳——他原本預期會有報復，相反的，詹達卻一派輕鬆地站在那裡，雙手插在屁股上，很快活的樣子。

然後傑瑞看見他們了。有三或四個人，從樹叢和灌木叢後面現身，他們急速快跑、佝僂著，身形很低。他們都很矮小、長得像豬，而且以極快的速度衝向他，快到他無法看清他們的臉。他只看見他們髒污臉上的笑容，邪惡地笑著。接著，更多人出現了，其他五、六個人從一排松樹後面閃出來，傑瑞還來不及嘲笑自己竟然有打架的念頭，甚至連舉手保護自己都來不及，他們已經成群撲上他，或高或低攻擊他身體各處，把他絆倒在地，他無助得像是漂流到小人國的格列佛。十幾隻拳頭不停毆打他的身體，指甲抓傷他的臉頰，甚至還有一隻指甲戳向他的眼睛。他們想把他弄瞎。他的胯下一陣劇痛——有人猛踢了他那裡。拳頭毫不留情地如雨般落在他的身上，他完全無法反抗，只能試著蜷曲身體，讓自己縮小，把自己的臉藏起來，可是有個人不停地捶打他的頭，停止，停止，又有人踢了他的胯下，他再也忍不住噁心的衝動，他快吐了，他試著張開嘴巴，吐出來。當他吐出來時，有人厭惡地大叫「幹你娘！」然後他們撤退了。他可以聽見他們的抽氣聲、後退的凌亂跑步聲，雖然也有人停在他身後再度用腳踹他，這次是踹在他的下背處，這是最後襲向他的痛楚，好像一道黑幕遮住了他的眼睛。

第三十二章

好甜美的黑暗，而且安全。黑暗、安全，而且寂靜。他不敢移動，害怕身上的骨頭會全部灑出來，讓他的身體散開，就像一棟建築物倒塌下來那樣，又或者像一排抗議群眾那樣嘩啦嘩啦倒下來。他的耳朵聽見一個微細的聲音，接著他了解到，那是他自己，正輕輕悶哼著，好像在對他自己唱著催眠曲。突然間，他想念他媽媽。想到她已經不在了，淚水流下他的臉頰。他哭，完全不是因為他被揍。在短暫的昏死之後，他孤單地倒在地上好一會，然後才奮力爬起來，拖著身軀，痛苦地回到學校的更衣室。他每一步都踩得小心翼翼，好像走鋼索那樣，害怕一失足就會掉入無底深淵：然後湮沒其中。他把自己清洗乾淨，冰冷的水，像液態的手指，刺激著臉上的抓痕。

我不會賣巧克力的，不管有沒有挨揍。而且我也不是娘娘腔，不是同性戀。他偷偷離開學校，不希望任何人看見他艱難地邁著步伐沿街走到公車站。他把衣領豎了起來，像個罪犯似的，像電視新聞裡那些被驅趕進法庭的那些人。真可笑，有人對你施展暴力，而你卻是那個想要把自己隱藏起來的人。他拖步走向公車的後座，很高興現在是離峰時間，公車上沒幾位乘客。這些乘客大多數是老年人，包括幾個頭髮染成藍色、手拿大提袋的老婦人。他們假裝沒瞧見他，當他安靜地經過他們身邊走向公車最後一排時，他們的眼光從他身上移開，但是他們聞到了他身上嘔吐物的酸臭味，鼻子忍不住皺了起來。車子一路顛簸，但無論如何，他最後仍然回到了家，坐在寂靜的房間裡。

流血的紅日低垂，光線像迸裂的血管似地穿透窗紗，照進屋內。漸漸地，天色轉暗，他靜坐了好一會，去泡了一個熱水澡，讓自己浸在熱水裡。然後他坐在黑暗裡，靜靜地，一動也不動，讓自己癒合，感覺到麻木的痛感如今逐漸沈澱入他的骨頭內，移走了第一波的痛苦。

時鐘敲了六下。他很高興他父親今天值晚班，要到晚上十一點鐘才會回到家。他不希望父親看見他臉上的傷痕。他催促自己進入臥室，脫掉衣服，爬進棉被裡。我得告訴他我生病了，應該是病毒傳染，急性感冒，然後把我的臉藏好。

電話鈴響起。

喔不要，他抗議著。

不要來吵我。

鈴聲繼續。嘲笑著他，就像詹達對待他那樣。

隨他去，隨他去，就像披頭四唱的歌。

鈴聲繼續。

然後他突然覺得必須去接電話。他們這一次就是不希望他接電話。他們希望知道他現在軟弱無能，受著傷，無法接電話。

傑瑞從床上爬起來，對於自己的行動力也覺得很驚訝。他穿過起居室去接電話。鈴聲現在千萬不能停。他說，鈴聲不准停，我要讓他們知道。

「哈囉。」強迫自己的聲音顯出力量。

沈默。

「我在這裡，」他說，大聲吼出這些話。

再度沈默。然後是淫蕩的咯咯笑聲。以及嘟嘟聲。

「傑瑞……喔傑瑞……」

「呦乎，小傑傑……」

傑瑞和他父親住的公寓在三樓，而一陣叫喚他的聲音模糊傳來，雖然音量才勉強穿透緊閉的窗戶。遙遠的距離也讓這個聲音聽起來像是鬼魅般的回音，好像是從墳墓裡傳來的聲音。事實上，當他第一次聽見時，並不太確定那是在叫他。傑瑞正無精打采地坐在餐桌旁，強迫自己喝著康寶雞湯。當他聽見那個聲音時，心裡還猜想說大概是哪個小鬼在街上遊樂。然後他清楚地聽見——

「嘿，傑瑞……」

「你在幹麼，傑瑞？」

「下來玩嘛，傑瑞……」

鬼魅般的聲音，讓他回想起小時候，當他還是個小男孩時，附近的小朋友總會在晚餐過後，跑到他們家後門來叫他出去一起玩。那是一段美好的時光，當時他和他的爸爸媽媽還一起住在那種有大後院的屋子裡，屋子前面還有大草坪，而且他爸爸一點也不會厭煩除草、澆水。

「嘿，傑瑞……」

可現在這些叫聲並不是晚餐後友善的呼朋引伴聲，而是惡夜的叫聲，他們的目的是嘲弄、辱罵、恐嚇。

傑瑞走到起居室那邊去，好奇地往下望，並小心地不要被瞧見。街道上空無一人，除了幾輛停在那裡的汽車。而那個聲音仍繼續叫喚著。

「小傑傑……」

「出來跟我們一起玩嘛，傑瑞。」

這是久遠前童年呼喚的拙劣模仿。

傑瑞再次往外窺探，他看見一顆流星飛過，劃破了黑暗，然後他聽見石頭掉落的聲音。根本不是流星，而是一顆石頭擊向接近窗戶的地方。

「呦乎，小傑傑……」

他瞇著眼探看公寓底下的街道上，但那些傢伙都藏了起來。然後他看見一道光線掃過對街的樹叢和灌木叢。在一閃而過的光線照耀下，黑暗中短暫露出了一張蒼白的臉孔。那張臉再度沒入黑夜中。接著，傑瑞認出公寓管理員沈重的腳步聲，他被那些叫囂聲吵得終於從地下室出來。他用手電筒掃射街道。

「誰在那裡？」他大叫。「我要叫警察來了……」

「掰掰，傑瑞。」有個聲音叫著。

「下回見，傑瑞。」聲音在黑暗中遠去。

電話鈴聲劃破夜晚。傑瑞在睡夢中摸索，尋找著聲音的來源。他迅速清醒過來，並瞄了一眼時鐘的鐘面。兩點半。

他痛苦地掀開棉被，坐起身來。全身的骨頭和肌肉都在抗議。接著，他用一隻手肘撐住身子，讓自己下床。

鈴聲堅決地響著，在寂靜的暗夜裡顯得格外荒謬吵鬧。傑瑞的腳碰觸到地板，然後放輕腳步走向聲音的來源。

但父親已經先一步接了電話。他瞄了一眼傑瑞，傑瑞把自己藏回陰影之中，不讓臉孔露出。

「這世上總是有一些瘋子。」他父親喃喃說著，一隻手仍然擱在話筒上。「如果你任由電話一直響，他們就會覺得他們贏了；如果你接了電話，他們會立刻掛上，但還是覺得他們贏了。然後這件事會不斷重複。」

這個騷擾電話已經對他父親的臉造成了影響，他的頭髮凌亂，眼睛底下現出黑眼圈。

「把話筒拿起來，爸。」

他父親嘆了口氣，贊同地點點頭。「這是對他們投降，傑瑞。不過，投降又如何。話說回來，他們到底是誰？」他父親把電話筒拿起來，放在耳邊聽了一會，然後轉向傑瑞。「同樣的情況，瘋狂的笑聲加上嘟嘟聲。」他把話筒擱在桌面上，「明天早上我會跟電話公司通報這件事。」他看了一眼傑瑞，說，「你還好吧，傑瑞？」

「很好，我很好，爸。」

他父親睏倦地揉揉眼睛。

「去睡吧，傑瑞。美式足球運動員應該要有充足的睡眠。」他試著讓語氣輕鬆些。

「沒錯，爸。」傑瑞內心湧現對父親的同情。他應該對父親說發生了什麼事嗎？但他又不想把父親牽扯進來。他父親已經認輸，把話筒從電話機座上拿起來，這樣已經夠挫敗了。他不想讓父親冒更多險。

再一次躺回床上，他在黑暗中蜷縮著身子。傑瑞以意念命令四肢放開，放鬆。過了一會，睡眠以輕柔的手指撫觸他，舒緩了他的痛苦。但是，電話鈴聲在他的夢中持續響著，響了一整晚。

第二十三章

「詹達，你就不能做漂亮一點嗎？」

「你在說什麼鬼話？等我們狠狠修理過他之後，他就會求饒，寧願去賣一百萬盒巧克力。」

「我是指那些小鬼。我可沒叫你搞集體暴力。」

「那可是我的天才傑作欸，亞奇。我是這麼想啦，讓他被一群小鬼頭修理。精神式暴力——這不就是你常掛在嘴巴上說的？」

「你從哪裡找來這些人的？我可不希望一堆外人扯進這件事裡頭。」

「我家附近的一群小禽獸。他們可以為了幾毛錢去毆打他們自己的老祖母。」

「你有沒有用同性戀那一套逗他？」

「你說對了，亞奇。你真是料事如神。結果他就抓狂了。嘿，亞奇，他真的是同性戀嗎？」

「當然不是。這也就是為什麼他會氣炸了。如果你想把一個人徹底惹毛，那就用他根本沒做的事情罵他。要不然，你只是在說他早已經知道的事。」

電話那頭的沈默顯示愛彌兒對於亞奇的聰明佩服得五體投地。

「接下來要做什麼，亞奇？」

「先讓事情冷卻一下，愛彌兒。我希望讓你留在第二線。現在我們還有別的事情要處理。」

「我才剛開始要享受這一切呢。」

「你還會有機會的。」

「嘿，亞奇。」

「愛彌兒，怎樣？」

「那張照片怎麼樣了？」

「如果我告訴你說，根本沒有照片呢，愛彌兒？如果說那天相機裡根本沒有底片……」

幹，這個狡詐的亞奇。隨時都會嚇你一跳。可是萬一他是在騙人呢？或者他這次說的是真的？

「我不知道，亞奇。」

「愛彌兒，跟著我準沒錯。不要脫隊，而且小心不要犯錯了。我們需要像你這樣的人。」

愛彌兒感到非常驕傲。亞奇是在指守夜會嗎？而且事實上真的沒有照片嗎？那可真叫人鬆了一口氣。

「你可以倚賴我，亞奇。」

「我知道，愛彌兒。」

可是等他掛上電話的時候，愛彌兒想道：亞奇，你這大混蛋！

第三十四章

他突然變成了隱形人。沒有血肉、沒有形體，只是像一個孤魂野鬼般，完全透明地度過上課時間。他是在上學公車上發現這件事的。所有的人都不看他。眼睛迴避他。學生們把一整排位子留給他一個人獨用，忽視他，好像他根本不存在那裡。而且他也了解了，他確實是不存在的，至少他們不關心他的存在。感覺上他好像是某種可怕疾病的帶原者，沒有人想被傳染。於是他們讓他隱形，無視於他的存在。去學校的一路上他都單獨坐著，將受傷的面頰抵在冰冷的車窗上。

晨間的寒意讓他加速腳步走向學校門口。他看見東尼．山度西。純粹出自本能，傑瑞點頭說了聲「嗨」。通常東尼的臉就像一面鏡子反映出真實的情緒——笑容就表示他開心，皺眉就是不開心，可是現在他看著傑瑞，好像不是真正看著傑瑞，而是視線穿透傑瑞，好像傑瑞其實是一片玻璃窗，是開著的門。接著，東尼．山度西一溜煙跑進學校去。

傑瑞通過走廊的時候，好像摩西劈開紅海般。學生們自動閃開，好像被某種祕密暗號啟動，把通道讓給他。傑瑞感覺他可以穿透一面牆，沒有任何阻擋，隱沒入牆的另一邊。

他打開他的儲物櫃。那一團混亂不見了。那張被塗髒的海報被拿掉了，儲物櫃門的背面已經擦拭乾淨。那雙布鞋也沒了。儲物櫃裡空無一物，像是根本沒有人使用過。他想道，或許我應該去照一下鏡子，看看我是不是還存在。但他還是存在的，是吧，因為他臉頰上的刮傷仍然會痛。他瞪著儲物櫃的內部，好像正看著一具直立起來而且打開的棺材，他感覺有人正在抹銷他，把他存在的軌跡、他在學校的一切刪除。難道這又是他偏激的想法？

上課的時候，老師們好像也加入共謀。當他試圖引起注意的時候，他們的眼光越過他，落在別處。有一次，他拚命揮著手，想要回答一個問題，可是老師卻略過他。不過，現在還無法判斷老師們是不是也加入共謀——他們很神祕，總是能夠察覺到周圍有什麼不對勁的事正在進行。就像今天。嘿，所有的小鬼正在冷凍雷諾，所以我們也跟著一起做吧。

放棄跟這場冷凍遊戲對抗，傑瑞整天無所事事。過了一會，他開始享受起這種隱形人的狀態。他終於能夠放鬆了。不再需要隨時戒備提防，或者害怕被攻擊。他已經厭煩了一直擔心害怕，厭煩了被恐嚇。

下課時候，他尋找著羅花生，可是沒瞧見他。羅花生可以讓他再度建立起真實感，讓傑瑞在這世界上的存在更具體點。可是羅花生沒來，傑瑞心想這樣也好。他不想把別人也牽扯進他的麻煩裡。騷擾電話對他爸爸的影響已經夠了。他想起昨天夜裡爸爸站在電話旁，被暗夜鈴聲驚嚇到的樣子。他想道，當初我實在應該賣巧克力的。他不希望父親的世界也被攪亂了，他想靠自己把這一團混亂重新恢復秩序。

早上最後一堂課之後，傑瑞隨性地走出走廊，前往學生餐廳。他決定要混進人群中，去享受著沒有身分的存在。在走下樓梯的時候，他感覺被人從背後推了一把，身子前傾，失去平衡。眼看著他就要跌下去，臉朝往下的斜梯逼近。幸好，危急中他一把抓住扶梯，穩住，把身子靠向牆壁。當成群的學生推擠著通過他時，他聽見了有個人正在竊笑，還有另一個人發出噓聲。

他知道，他不再是隱形的了。

當雷恩修士走入辦公室時，布萊恩．柯朗正好完成了最後的表格。結束了。所有的數字都加總過了。他抬頭看見老師，非常高興老師到達的時間。

「雷恩修士，都完了。」布萊恩宣布，他的聲音中充滿著勝利。

「完了？」老師的眼睛快速眨著，他的臉像是一部收銀機，只是不工作而已。

「銷售，」布萊恩把一疊紙丟在桌上，「結束了。完成了。」

布萊恩看著老師吸收這個消息。雷恩深吸一口氣，坐進他的座位裡。有一瞬間，布萊恩觀察到老師的臉上露出鬆了一口氣的表情，好像卸下了沈重的負擔。不過，這表情一閃而過。他敏銳地看著布萊恩，「你確定嗎？」他問。

「百分百確定。而且，聽著，雷恩修士，所有的錢——真是太神奇了。百分之九十八的錢都收回來了。」

雷恩站起來，「讓我們來核對一下數字。」

布萊恩心中湧起一股憤怒的情緒。難道老師就不能稍微放鬆一下嗎？難道他就不能說「做得好」？或者「感謝天主」？或者別的什麼？結果，他說的卻是「讓我們來核對一下數字」。當雷恩站在布萊恩背後，彎身看著報表時，空氣中傳來他嘴巴裡的油臭味——看在老天的份上，難道他除了培根之外，就不能吃點別的嗎？

「只有一件事。」布萊恩說，有些遲疑著，不知道該不該提起這件事。

雷恩注意到學生的疑惑。「怎麼啦？」他問，惱怒的成分大於疑問，好像他期待著布萊恩出錯。

「是那個新生，雷恩修士。」

「雷諾？他怎麼啦？」

「是這樣的，他還是沒賣巧克力。而且這件事很怪，真的很怪。」

「什麼事很怪，柯朗？那個男生很明顯就是不合作。他試圖用他小小的、無用的方式去破壞這次的銷售，結果他只是讓自己成為壞人。現在整個學校都在抵制他。」

「但這件事還是很古怪。我們全部的銷售數字是一萬九千九百五十盒巧克力。一盒都不差。這根本就不可能。我的意思是說，通常都會有損壞的、被偷或者不小心遺失的盒數。可是整個回報的數字加起來，就剛剛好是一萬九千九百五十，只少掉了五十盒巧克力——雷諾的那五十盒。」

「如果不是雷諾拿去賣了，那麼很明顯它們還沒賣掉。這就是少掉五十盒的原因。」雷恩說，他的聲音放慢，而且一字一句講得很清楚，好像布萊恩才五歲大，怕他聽不懂似的。

布萊恩知道，雷恩修士根本不想了解事實。他只關心銷售的結果。他只想知道一萬九千九百五十盒巧克力都被賣掉了，他也安全過關了。他說不定會被升官，當上校長。布萊恩很高興明年他就畢業不在這裡了。尤其，雷恩說不定還會當這裡的萬年校長。

「你知道這當中最重要的是什麼嗎，柯朗？」雷恩問，擺出他在課堂上的聲音，「學校的精神。我們已經推翻了自然界的定律，證明了一顆老鼠屎不一定會破壞一鍋粥。只要我們充滿決心，擁有高尚的目標，秉持著友愛精神……」

布萊恩暗自嘆了口氣，他低頭看著數字，充耳不聞雷恩的聲音，任憑那些話毫無意義地從左耳進右耳出。他想起雷諾，真是個奇怪又頑固的小鬼。到頭來，還是雷恩說對了？整個學校還是比一個小鬼重要？但是，大家不是又說，個體是很重要的嗎？他想著雷諾孤單地對抗學校、守夜會、每個人。

啊，管他去死，布萊恩想道，一面任由雷恩假聖潔的聲音在耳邊嗡嗡響著。等這個銷售結束，他的會計工作也就結束了。他再也不用管雷恩或亞奇，甚至雷諾的事情了。感謝神賜予這個小小的恩典。

「你把五十盒巧克力拿起來了，歐比？」

「是的，亞奇。」

「帥。」

「那是要幹麼用的？」

「我們要舉行集會，歐比。明天晚上一個特別的集會。在運動場上。」

「為什麼要在運動場上，亞奇？幹麼不在學校裡？」

「因為這次的集會只限學生，歐比。修士們不能參加。不過，除了修士們以外，全校的人都會來。」

「每個人嗎？」

「每個人。」

「雷諾呢？」

「他也會在場，歐比。他會在場。」

「你真是太神奇了，亞奇，你知道嗎？」

「我知道，歐比。」

「原諒我問起，亞奇……」

「盡管問，歐比。」

「你叫雷諾去幹麼？」

「給他一次機會。一次機會，把他的巧克力清掉，我的老友。」

「我不是你的老友，亞奇。」

「我知道，歐比。」

「然後，亞奇，你要怎麼讓雷諾把他的巧克力清掉？」

「用彩券。」

「彩券？」

「就是彩券沒錯，歐比。」

第三十五章

彩券，吼，我的老天啊！

可是，彩券這個點子多棒呵！

這是三一高中歷史上前所未有的彩券，任何學校歷史上都沒有的！

亞奇，這次事件的創造者[18]，正在觀看晚會進場。運動場裡擠滿了人，學生們如潮水般擁入，彩券被賣掉，在人群中前前後後傳遞著，燈光驅走了些許秋夜的寒意。亞奇站在臨時搭建的台子附近，這是下午卡特和守夜會成員根據亞奇指示搭起來的——他們把這座老舊的拳擊台從觀眾看台下方的儲藏室裡找出來，整理之後拿來用，只可惜沒找到用來圈圍拳擊台的圍繩。

這座拳擊台就搭建在美式足球場中間的五十碼線上接近觀眾看台的地方。這麼一來，所有學生都可以把拳擊台上的一舉一動看得很清楚，不會錯過任何精采場面。這是亞奇的精心設計，讓大家花的每一分錢都值回票價。

---

[18] 亞奇的英文原名 Archie 與創造者 (Architect) 相近，同時也暗喻著墮落為撒旦的大天使長 (Archangel)。

運動場距離修士們所在的校區建築物，差不多有半公里遠，不過亞奇不想冒任何風險，所以他特別把這次集會偽裝成美式足球晚會，僅限學生參加，禁止老師在場。他們安排臉蛋純真的卡羅尼去申請使用——卡羅尼長得就像唱詩班男孩，哪個老師忍心拒絕他？此刻，晚會即將開始，學生們陸續抵達，空氣中洋溢著活力、酷炫、興奮，刺激著每個來參加的學生——以及站在拳擊台上的雷諾和詹達，他們不自在地瞄著彼此。

亞奇總是能把事情搞得轟轟烈烈，凡是經過他安排和設計的事情，就會變得精采萬分。舉例來說，今天晚上來參加的每個人都將擁有前所未有的體驗，而這一切安排，只用了亞奇一點點的想像力，以及兩通電話。

第一通是打給傑瑞·雷諾，第二通給艾彌兒·詹達。詹達的部分很簡單。亞奇知道，他可以任意指使詹達，像捏陶土一樣把詹達捏圓捏扁，可是雷諾那一通就經過小心的籌劃，運用了所有的資訊，並占用亞奇一點點晚上的時間。抄襲莎士比亞戲劇的，亞奇咯咯笑了。

電話鈴一直響一直響，喔，差不多響了五十聲吧，亞奇一點也不意外那個小鬼沒有馬上來接電話。但他的堅持終於得到回報，雷諾接起了電話，平靜地說了聲哈囉。他的聲音很冷靜，可是聲音裡還有些別的東西，別的東西。亞奇同時還察覺到聲音中有某種特質——極端的冷靜、意志堅決。帥！這個小鬼已經準備好了。亞奇滿心雀躍著迎接勝利。那個小鬼想要站出來戰鬥。他想展開行動。

「你想討回公道嗎，雷諾？」亞奇煽動他。「回擊？報復？讓他們知道你是怎麼看待那個該死的巧克力？」

「我幹麼這麼做？」聲音充滿戒備，可是也被勾起了興趣。絕對是很有興趣。

「放輕鬆，別生氣。」亞奇回應，「因為你不是懦夫啊。」呵，挑撥，沒錯，就是挑撥。

雷諾靜靜的，沒說什麼。

「有一個傢伙名字叫詹達。他真的是個大爛貨，沒品到了極點，就跟禽獸沒兩樣。傳言說，他正在召集一些人，打算要修理你。所以我覺得我們應該擺平這件事。就公開在運動場上，用拳擊來解決。這樣的話，事情既不會失控，你也有機會跟每個人討回公道，雷諾。」

「包括跟你嗎，亞奇？」

「我？」他的聲音聽起來既純真又善良。「哎喲老天喂，跟我有什麼關係？我只是在完成我的工作而已。我給了你一件任務——不要賣巧克力——然後我又給了你另一件任務——去賣巧克力。其他都是你自己的事，小鬼，我又沒逼你。我個人是不喜歡暴力的，可是你卻自己去點燃了鞭炮……」

電話那頭再度陷入安靜。亞奇欺近敵人，他放軟聲調，哄著，誘引對方。「你看，小鬼，我正在給你機會，因為我相信公平比賽。你可以趁這個機會把一切做了結，然後就可以去做別的事。老天，除了賣他媽的巧克力之外，生命還有很多事值得去做。所以你和詹達何不就光明正大地在拳擊台上一決勝負。這樣，一切就可以結束了。沒別的了。我保證。亞奇保證。」

於是那個小鬼就上鉤了，雖然這場對話來來回回嚕了很久，但亞奇一直很有耐心，而耐心總是會有回報的。所以他贏了，當然。

現在，他審視著他的傑作、坐滿了人的看台、為了買彩券或賣彩券而激動地來來去去的人群，以及彩券上用潦草筆跡寫著的比賽規則。亞奇平靜而狂喜地想著，他已經成功地操縱了雷諾，以及雷恩、守夜會，還有整個蠢爛的學校。我可以操縱任何人。我是亞奇。

假裝你是一道聚光燈，歐比告訴他自己，一道掃射全場的燈光，讓燈光照在這裡，照在那裡，然後又慢慢移向其他地方，尋找著某個特別的物品，全力將它凸顯出來——就在今晚這個有如樹立紀念碑的場合。因為，讓我們承認吧，這是一個重要的時刻，而亞奇那個混蛋，那個絕頂聰明的大壞蛋，又再度成功了。你看看他，現在就站在拳擊台附近，模樣好似君臨天下。不過，他確實是，當然。他竟然真的把雷諾弄來了。那個蒼白的小鬼，全身緊繃得好像他正面對一隊砲兵，而詹達，那隻禽獸，還真像是一隻被鏈住而隨時想掙脫的禽獸。

此刻，歐比這道聚光燈，把鎂光燈的焦點全集中在雷諾身上。可憐而愚蠢而頑固的小鬼。他根本不可能贏的，而他卻不知道。他不可能贏過亞奇的。沒有人能夠贏亞奇。雖然亞奇也曾經下場去和別人奮戰過——那個場景真是驚人，就在上一次守夜會的會議上，他就站在那裡被公開羞辱——可是現在，他又重新站上世界的頂峰，所有的巧克力都賣掉了，他再一次掌控全局，整所學校都握在他的手掌中。這所有的一切證明了，柔順的人根本無法承受地土[19]。

別動。一根肌肉都不要牽動。只管等待。繼續等。等。看會發生什麼。

傑瑞的左腳已經昏睡過去了。

你的腳怎麼可以睡著，當你還站著的時候。

我不知道，它就是睡著了。

緊張，或許，太過緊繃了。

他的腿部傳來微微的刺麻，可是他必須奮力保持不動。他不敢動，害怕一動他就會倒下去。

如今他已經明白，根本不應該來這裡的，他是被亞奇拐來的，用詭計騙了。當亞奇的聲音誘惑地低語出甜蜜的復仇，暗示這場決鬥可以終結一切時，傑瑞有好一陣子相信這是可行的，他相信自己可以打敗詹達、整個學校，甚至是亞奇。他想起有一天晚上，他父親接起電話，最後把話筒擱在桌上時，父親那張被擊倒的臉，那副害怕的表情就是放棄。我不要放棄。傑瑞一面對自己發誓，一面聽著亞奇煽動的語調。同樣的，他也渴望有機會面對詹達。那個詹達竟然叫他同性戀。

於是他就同意了，同意跟詹達在拳擊場上面對面。而亞奇根本就是在騙他，八成也騙了詹達。他把他們騙來台上，脫光上衣，在夜晚的冷空氣中顫抖，還套上了拳擊手套。然後亞奇——

⑲ 這句話出自《新約聖經‧馬太福音》第五章第五節：「溫柔的人有福了！因為他們必承受地土。」歐比這句話是指柔順的人無法生存。

他眼中閃耀著勝利和惡意的光芒——解釋了比賽規則。

這算哪門子規則！

當傑瑞正打算抗議時，詹達開口說了，「我沒問題，我可以用任何你要的方式打倒這個小鬼。」

然後傑瑞在震驚中發現，亞奇就根據詹達的反應，以及台子外那些把運動場擠滿的觀眾的意見為準。亞奇知道，傑瑞這時候已經沒有退路了——他已經下水了，現在只好拚命游過河。於是亞奇就用噁心的甜美微笑對傑瑞說，「那你怎麼說呢，雷諾？你是否接受這些規則？」

他能說什麼？在那些騷擾電話和暴力攻擊之後。在他的儲物櫃被破壞了之後。在把他當隱形人的對待之後。還有，差點被推下樓梯。看看他們是怎麼對待羅花生和尤金修士的。看亞奇和詹達這樣的傢伙是怎麼對待這個學校的？等他們離開三一高中之後，又會怎麼去對待這個世界？

傑瑞繃緊身體做了決定。至少，這是一個機會去回應，去回擊。雖然亞奇在彩券上設了那些奇怪的規則。

「好。」傑瑞說。

於是，此刻他站在這裡，一條腿已經睡著了，胃部翻騰著，身體在寒風中戰慄，他忍不住猜想，如果他沒在在那個瞬間說出好。

所有的彩券像色情圖片般狂賣。

布萊恩．柯朗非常驚訝，雖然他其實不應該驚訝的——他已經越來越習慣了，只要有亞奇．柯斯特洛的地方，事情就會驚奇不斷。首先是賣巧克力那件事。接著是現在——這個奇怪的彩券。這種事從來沒在三一高中發生過。或許任何學校都沒有。他必須承認，他很喜歡這件事，雖然今天下午亞奇來找他叫他負責銷售彩券時，他剛開始很抗拒。「賣巧克力的時候你做得很好，」亞奇說。他的稱讚讓布萊恩很開心，於是布萊恩就答應了。除此之外，他也很畏懼亞奇和守夜會。保住個人性命最重要，這就是布萊恩信奉的生存法則。

不過，當亞奇對他解釋這場拳擊和彩券怎麼運作時，他又再度陷入困惑中。你怎麼有辦法讓雷諾和詹達願意來做這件事？這是布萊恩最想知道的。很簡單，亞奇對他保證。雷諾想報仇，而詹達是個畜生。一旦他們站到全校學生面前就無法後悔了。接著，亞奇的聲音再度變得冷峻，這讓布萊恩心裡毛毛的。「你只管做好你的事，把那些彩券賣掉就行了，布萊恩，其他的細節讓我來操心。」於是布萊恩就去召集了一群學生來賣彩券。當然，事實證明亞奇又說對了，因為雷諾和詹達果然都來了，現在他們就站在拳擊場上，而彩券也被學生瘋狂搶購，好像這是世界末日的最後一天。

愛彌兒．詹達已經很厭煩被當做壞人，亞奇總是讓他有這種感覺。「嘿，禽獸。」亞奇總是這麼叫他。但愛彌兒並不是禽獸。他就跟其他人一樣。他就像英文課上莎士比亞戲劇裡說的：「割下我的肉，難道我就不會流血嗎？」[20]好吧，所以他喜歡耍一點小手段，讓別人恨得牙癢癢的。這就是人性，不是嗎？每個人都必須自我保護，所以你必須先下手為強。只要讓別人無法捉摸，他們就會怕你。就像亞奇用那張爛照片威脅他，結果到頭來根本沒有照片。

無論如何，亞奇讓他相信了並沒有照片。愛彌兒，怎麼可能有照片？亞奇跟他解釋，你還記得那天是在廁所裡面，光線很暗，但是閃光燈根本沒閃，是吧？其實相機裡面根本沒有底片。就算有，我也沒有時間對焦。亞奇說的事實讓愛彌兒鬆了一口氣，同時又非常火大。可是亞奇隨即告訴他，他生氣的對象應該是像雷諾這樣的人才對。該死，愛彌兒，像雷諾這樣的小鬼才是你的敵人，我不是。像他們那種人很自以為是，愛彌兒，他們老是瞧不起像我們這樣的人，老是找我們的麻煩，定一大堆規矩叫我們遵守。最後，亞奇使出必勝絕招——而且你知道嗎，大家都在說，雷諾一定會打贏的，你需要靠別人幫忙才贏得了……

愛彌兒看著拳擊台對角的雷諾。他渴望能公開幹上一架，在全校學生的面前證明他自己。去他的那些亞奇叫他使用的心理戰、爛詭計——告訴雷諾說他是同性戀。他根本就應該用他的拳頭而不是用嘴砲打擊雷諾的。

他已經等不及打鬥開始了。他要在眾人面前摧毀雷諾，不管那些彩券上面是怎麼規定的。

但在他腦海中有一個小角落仍然懷疑著：究竟那天在男生廁所裡，亞奇有沒有拍到他的照片？

第三十六章

彩券，彩券！

嘩，真是經典傑作！

亞奇還沒有正式看到彩券上面怎麼寫的，所以他把一個賣彩券的學生攔下來。那是布萊恩．柯朗找來的銷售員。

「讓我看一下。」亞奇說，伸出手去。

那位學生迅速遵命，亞奇對他的柔順很滿意。我是亞奇，我的願望就是命令。

耳邊聽著觀眾的嘈雜聲，亞奇仔細檢查彩券。上面用潦草的字跡寫著：

詹達

⑳ 典故出自《威尼斯商人》中，放高利貸的商人夏洛克，要求欠錢的商人安東尼奧割下一磅肉來還債。聰明的法官於是判決說，割下的肉必須絲毫不差剛好一磅，而且不能流下一滴血，這才粉碎了夏洛克的計謀。

左手拳打下巴
吉米・迪美司

彩券的規則真是簡單、帥到不行，這也是亞奇・柯斯特洛最出名、最讓人嘖嘖稱奇的地方。大家都知道亞奇就是這麼棒！他只消動動一根指頭，就把雷諾弄來這裡了，讓他也加入賣巧克力的行列。此外他還把雷諾放在整個學校、全部學生的擺布之中。

拳擊台上的兩個打鬥者將不會有他們個人的意志。他們必須依照看台上觀眾的指示來格鬥。每個購買彩券的人——嘻，誰能拒絕這種誘惑？——都有機會參與這場格鬥，他們可以觀看拳擊台上兩個人打鬥，而且是坐在一個安全、不會受傷的地方。唯一不確定的因素，就是雷諾到底會不會來。一旦他登上拳擊台，亞奇知道，他就沒辦法不參與，就算知道了彩券的規則，他也沒辦法退出了。這就是亞奇運作的方式。帥不帥？

卡特走了過來。「彩券還真的賣出去了欸，亞奇。」他說。卡特欣賞這個打鬥的點子。他很喜歡拳擊。事實上，他自己就買了兩張彩券，而且還差點無法決定應該要求用哪種拳法。後來他終於決定要求用右直拳打下巴，以及上鉤拳。他本來想把這兩拳給傑瑞的——純粹是想讓那個小鬼喘口氣。可是那時候歐比就站在他附近。歐比最喜歡打探別人的事了，所以卡特最後就寫上詹達的名字。詹達，那隻禽獸，只要亞奇喊跳，他立刻就會跳起來。

「看起來今天晚上會很精采。」亞奇說，嘻嘻笑著，臉上掛著卡特最痛恨的那種「我一切都瞭」的表情。「你看，卡特，我早就說了，你們根本不必窮緊張。」

「我不知道你是怎麼辦到的，亞奇。」卡特勉強承認。

「簡單，卡特，簡單得要命。」亞奇享受著這一刻，沈醉在卡特的讚美中。卡特曾在上一次守夜會會議中羞辱了亞奇，總有一天他會報復卡特的，可是眼下這一刻，他可以暫時滿足於卡特的敬畏和忌妒。「你看，卡特，人類有兩個特質：貪婪和殘暴。像現在，我們在這裡就有一個完美的例子。貪婪的部分——只要花一塊錢買彩券，你就有機會贏得一百塊錢。另外還附贈五十盒巧克力。殘酷的部分——你可以觀看兩個人互相毆打對方，或許說互相傷害對方，但你自己很安穩地坐在看台上。這件事情就是這樣運作的，卡特，因為我們大家都是混蛋。」

卡特隱藏起他的厭惡。亞奇有許多地方都勝過他，其中最了不起的一點就是，亞奇總是能夠讓別人覺得自己很髒、很污穢、被污染，好像這世上沒有神的存在。不過，卡特還是必須承認，他很期待這場打鬥，而且他買了不只一張彩券。是不是說，這樣他就跟別人一樣——貪婪又殘暴，套用亞奇說的？這個問題讓他嚇到了。該死，他一直覺得自己是好人。他經常利用他身為守夜會會長的身分去約束亞奇，防止亞奇用任務玩過頭了。可是，這是否表示他就是好人呢？這個問題讓卡特覺得很困擾。這就是他痛恨亞奇的原因。亞奇總是讓你覺得自己很罪惡。天啊，這世界不至於像亞奇講的那麼糟吧？可是當他聽見看台上那些小鬼們拚命吼叫、催促著打鬥快點進行時，他又不那麼肯定了。

亞奇望著卡特帶著困惑茫然的表情走開。好極了，盡管忌妒我吧，畢竟，誰不會忌妒像亞奇這個永遠站在世界頂端的人呢？

柯朗跑過來宣布：「全部賣光了，亞奇。」

亞奇點點頭，虛偽地扮演一位沈默英雄的角色。

時間到了。

亞奇抬頭望向看台，他的動作彷彿是引爆的信號。觀眾群裡起了一陣騷動，大家的動作加快，同時又瀰漫著一股期待。所有的眼睛一致看向拳擊台上，雷諾和詹達各自站在拳擊台對角線的兩個角落。

拳擊台前，有一堆用巧克力堆成的金字塔——最後的五十盒巧克力。體育場的燈光變亮了。卡特，手上握著主席槌，走到拳擊台中央。由於台上並沒有桌子可以讓他敲，所以他只好將槌子舉在半空中。

觀眾報以熱烈歡呼，以及不耐煩的叫囂聲、噓聲。「快開始吧！」有人大叫。

卡特做個手勢叫大家安靜。

但安靜已經先一步抵達。

亞奇走近拳擊台邊，好看清楚是發生了什麼事。他倒抽一口氣，好像正在把所有發生的美好事物全吸入體內。但他接著驚訝地吐出氣來，杵在原地，看著歐比走上拳擊台，手上捧著那只黑盒子。

當歐比看見亞奇驚訝地呆杵在那裡，嘴巴因為震驚而張得大大的，他惡毒地笑了。從來沒有人能夠把偉大的亞奇．柯斯特洛嚇得那樣，這是歐比勝利的一刻，真是帥斃了。他對卡特點點頭，卡特正走向亞奇，去護送他走向拳擊台。

本來卡特對於使用那只黑盒子是有疑慮的，他說，這並不是守夜會的會議，我們怎麼有辦法叫亞奇乖乖去摸骰子。

歐比的答案，就跟亞奇自己說的那樣。「因為這裡有四百個人正吶喊著要看見別人流血，而且他們根本不在乎那是誰的血。學校裡所有的人都知道這只黑盒子——所以亞奇怎麼能認輸？」

卡特又指出，沒人能夠保證亞奇會摸出黑色的骰子來。黑骰子表示他必須取代其中一位打鬥者，可是黑盒子裡只有一顆黑骰子和五顆白骰子。亞奇自從擔任守夜會的任務分派者之後，運氣一直很好——他從來沒摸過黑骰子。

「平均數法則，」歐比對卡特說，「他必須摸出兩顆骰子——一顆是為了雷諾，另外一顆是為了詹達。」

卡特平穩地注視著歐比。「我們能不能……？」他的聲音上揚拉捲成問號。

「我們不能作弊，絕對不行。吼，我上哪裡去找來六顆骰子？而且，亞奇太聰明了——我們根本沒辦法誆他，可是我們可以嚇嚇他。而且誰知道呢？說不定他的運氣用光了。」

就這樣，協議通過。歐比將會在打鬥開始前一刻帶著黑盒子出現，這也正是他現在做的事。他走向拳擊台的中央，而卡特走下台子去接亞奇。

「你們兩個真是了不起，啊？」亞奇說著，把手臂從卡特的抓握中抽出來。「我可以自己走上去，卡特。而且我也會再度走下來的。」

亞奇胸中的憤怒就像一顆冰冷又堅硬的球。一如往常，他讓它更加強硬。他有種感覺，也深信一切都不會出錯。我是亞奇。

群眾看見那只黑盒子之後，震驚地陷入比先前更深的沈默中。以前只有守夜會成員和他們的受害者真正見過這只黑盒子。如今，運動場耀眼的燈光洩露出這只黑盒子的本質，它原本可能是一只被丟棄的木頭珠寶盒，如今表面已經磨損，甚至看來外表有些破舊。而它竟然是學校裡的一項傳奇。對於守夜會的受害者來說，它是潛在的救星、守護者，一個可以用來抵抗守夜會的武器。沒見過的人懷疑它的存在：亞奇．柯斯特洛怎麼可能容許這種東西的存在。但如今，這只黑盒子就呈現在眾人面前，在全校學生的眼前。亞奇．柯斯特洛看著它，突然伸出手，從盒子裡摸出一只骰子。

這個儀式只花了一分鐘左右，因為亞奇不希望這過程浪費太久時間，他要在大家了解是怎麼回事之前就將它結束。越不戲劇化越好。不讓歐比和卡特有機會大作文章。所以，在任何人有機會抗議之前，亞奇就把手伸進黑盒子裡，抓出一只骰子。白的。歐比的下巴都掉下來了。事情發生得太快了。他本來是要用這個來修理亞奇的，讓亞奇不安，讓全部同學都知道這裡發生的事情。他希望把摸骰子的儀式拖長，讓它顯得越戲劇化越好，讓整個情況盡可能緊張刺激。

亞奇的手再度伸出來，而且又一次讓歐比措手不及。歐比倒抽一口氣。骰子藏在亞奇握緊的手心中。他把手臂伸直，朝向觀眾。亞奇挺直脊背。這個骰子必須是白的。他已經做這麼多了，不可能在這一刻功虧一簣。他強迫自己的嘴角露出微笑，面對所有觀眾，以充滿自信的態度為賭注。

他打開手掌，讓全部的人都可以清楚看見骰子。

白色的。

第三十七章

羅花生在最後一刻抵達運動場，並穿過騷亂的人群，一路擠到看台最上面一排。他本來是不想來的。他已經不想管學校的事了，既不想知道這些殘酷的事，也不想再看見傑瑞每一天被羞辱的樣子。只要一到學校，他就會被提醒，他的背叛和罪行。他在家裡躺了三天。生病。他自己也不確定是真的生病了，還是受到良心的苛責，但他的身體真的很不舒服，讓他覺得很虛弱、反胃。不管怎樣，他的床已經變成了私人世界，一個小小、安全的地方，沒有旁人，沒有守夜會，沒有雷恩修士。在這個世界裡，沒有巧克力要賣，沒有教室必須破壞，也沒有人必須毀滅。可是，有個同學打電話來，告訴他關於傑瑞要和詹達打鬥的事，而且是由彩券來控制他們的打鬥。

羅花生發出抗議的呻吟。如今，他的床鋪變得難以忍受。他一整天翻來覆去，躺在床上輾轉反側，好像一隻野獸拚命尋找著夢鄉，卻遺忘了它在哪裡。他不想去看那場打鬥——傑瑞根本不可能贏。可是同樣的，他也沒法就這麼待在床上。最後，他終於絕望地從床上爬起來，飛快地穿好衣服，不管他父母親的阻攔就出門了。他搭了公車越過半個城鎮，然後又走了快一公里的路來到運動場。此刻，他擠在人群中，往下看著拳擊台，聽著卡特解釋這一場瘋狂打鬥的規則。真是太不可思議了！

「……看最後是由哪個人所寫的拳法將這場打鬥結束掉的，不管是擊倒獲勝或者投降，那個人就可以獲得獎金和獎品……」

可是全場觀眾已經不耐煩到了極點，大家一直狂吼著要盡快開始打鬥。羅花生環目四望，那些站起來叫囂的人當中，有幾位是他的同學，可是他們現在的表情讓人突然覺得好像是陌生人。他們狂熱地瞪著底下的拳擊台。其中有幾個人還吼叫著：「宰了他！宰了他！」羅花生在寒夜裡打著哆嗦。

卡特走到拳擊場的中央，歐比拿著一只硬紙板做成的紙箱。卡特從紙箱中抽出一張紙來。「約翰．涂瑟，」他大喊，涂瑟寫了雷諾的名字。群眾中冒出失望的聲浪，以及零星的噓聲。「他希望雷諾打詹達，右手拳打下巴。」

群眾安靜下來了。真實的一刻來了。雷諾和詹達面對面站著。他們以拳擊者慣有的姿勢站著，一隻手伸出，舉起手套，準備好要戰鬥——可悲又拙劣地模仿職業拳擊者的姿勢。此刻，詹達遵照規則。他垂下手臂，準備讓傑瑞打他而不加以抵抗。

傑瑞拱起肩膀，掄起拳頭。他已經等待這一刻等了非常久，自從亞奇的聲音從電話那頭嘲笑他開始。可是現在他卻遲疑了。他怎麼能夠打別人，這麼冷血，即使是對詹達這種禽獸？我不要打人，他沈默地反抗著。但他接著想到了：你忘了詹達是怎麼讓一群小鬼打你的？

群眾越來越不耐煩了。「打呀！快點打！」有人大叫。他的聲音被其他催促聲蓋過去。

「怎麼不動了，同性戀？」詹達嘲笑他。「你是不是怕你柔弱的小手因為打了大個子愛彌兒而受傷？」

傑瑞揮拳出去，朝詹達的下巴打過去。但他揮拳太快了，沒有相準目標。這一拳幾乎錯過目標，最後僅只無效地刷過詹達的下巴。詹達笑了。

噓聲四起。「回擊！」有人大叫。

卡特對歐比示意，盡快把那只紙箱子拿過來。他感覺到群眾不耐煩了。他們付了錢，他們想要看見成果。卡特希望詹達的名字出現在下一張彩券上。果然。一個名叫馬蒂．海樂的人希望詹達用右上鉤拳打雷諾的下巴。卡特唱出命令。

傑瑞直挺挺地站著，就像一棵樹。

詹達準備好，他對剛剛群眾喊的「回擊」覺得備受屈辱。雷諾根本就是一隻弱雞好嗎。我絕對會讓大家知道，我就不是弱雞。他必須證明這是一場貨真價實的對抗。如果雷諾沒法打，那麼至少愛彌兒．詹達會。

他用盡全身氣力打擊傑瑞。這一拳，詹達彷彿是集聚了從頭到腳的力量——從雙腳往上延伸到大腿、身軀——然後力量貫穿全身，直到這股力量從他的手臂衝出，最後從拳頭爆炸而出。

傑瑞已經準備好了要承受這一拳，但它的殘暴與邪惡，還是令他大吃一驚。有一瞬間，整個星球都被震動了，運動場傾斜了，光線不停閃爍著。他的頸部劇痛——他的頭被詹達的拳頭撞擊得啪答往後傾，他的身體踉蹌往後倒，但他掙扎著站穩腳步，奮力不讓自己倒下。他的下顎整個燃燒起來，而且感覺到一片燙辣。流血了嗎？或許是吧。但他抿緊嘴唇。傑瑞甩甩頭，藉著搖晃頭部來迅速恢復視力，並且再一次建立自己在這個世界的存在。

在他重新振作起來之前，他聽見卡特的聲音喊出「詹達，右拳打胃部」，而緊接著，完全無預警的，詹達的拳頭已經揮了過來。這是快而直接的一拳，錯過了傑瑞的胃部，但卻擊向他的胸膛。他的呼吸沒了，就像他在打美式足球的時候，接著呼吸又恢復了。不過這一拳缺乏上一記拳的力道。傑瑞再次蹲了下去，拳頭伸直，等待著下一回的指示。模糊地，他聽見群眾的歡呼和口哨聲，可是他全神注視著站在他面前的詹達，以及詹達臉上蠢笨的笑容。

下一個彩券給了傑瑞機會，讓他可以回擊詹達。這是一個傑瑞從來沒聽說過的學生寫的——這人名叫亞瑟．若比拉——他要一記右交叉拳。天知道那到底是什麼。傑瑞只有一點模糊的概念，可是他現在很想打詹達了，很想報復詹達剛才惡毒的一拳。他握緊右拳，緊繃到幾乎可以嚐到嘴裡的膽汁。他用力揮出去，拳擊手套打擊到詹達整個臉部，詹達搖晃著倒退。這個結果讓傑瑞嚇了一跳。他從來沒這樣打過另一個人，憤怒的、刻意的，而且是非常樂意地將全身的力量朝目標打過去。這一拳撫平了他的挫折感，至少他已經回擊了，狠狠打回去，終於報仇了。他報復的對象，不僅是詹達，還有他所代表的全部。

傑瑞這一拳所蘊含的力量，讓詹達驚訝地猛眨眼睛，他第一個反應，是要立即回擊，可是他忍住了。

卡特的聲音。「詹達，左上鉤拳。」

當詹達的拳頭完全沒停頓或準備動作就揮出來時，傑瑞的脖子再一次扭痛。他虛弱地倒退了幾步。奇怪，明明是他的下巴被打傷，為什麼他的膝蓋會倒退呢？

現在，看台上的觀眾拚命叫囂，吵著要看到更多。嘈雜聲讓傑瑞打哆嗦，「快打！快打！」觀眾們大叫。

這時候，卡特犯下了致命的錯誤。他把歐比遞來的卡片接過來，不加思索就大聲唸出上面的指示。「詹達，下體攻擊，打鼠蹊部。」話一衝出口，他立刻知道錯了。他們沒有事先警告群眾不得使用犯規的拳法——而任何地方總是會有狡詐的人隨時準備要取巧犯規。

一聽見指示，詹達立刻瞄準傑瑞下腹盆腔的位置。傑瑞看見拳頭襲來，感覺到事情不對勁，他也立刻舉起拳頭防衛，並轉頭看向卡特。詹達的拳頭重重地擊向他的下胃部，但傑瑞閃避了絕大部分撞擊力。

群眾搞不清楚究竟發生了什麼事情。大部分人都沒聽見那一句犯規拳法的指示，他們只看見傑瑞試圖防衛，而這是違反遊戲規則的。「詹達，幹掉他！」群眾中有人喊叫。

詹達也困惑了，但他只困惑了一下子。見鬼了，他可是一直遵照指示做，可是這隻弱雞雷諾卻先犯規。既然如此，他也不想遵照這種爛規則。詹達掄起拳頭，兇猛而拚命地連續打著雷諾，包括頭部、臉頰，偶爾還打在雷諾的胃部。卡特退到拳擊台的遠端，而預感到災難即將到來的歐比則逃下台去。至於該死的亞奇根本不知道上哪裡去了。卡特找不到他。

雷諾盡力防衛詹達的攻擊，可是根本做不到。詹達實在太強壯了，他的動作又非常快速，幾乎是出自動物本能，一心想把雷諾幹掉。最後，雷諾用拳擊手套護衛住自己的頭和臉，任由拳頭如雨般落在他的身上。他沒有反抗，只是等待著，等待。群眾現在已經陷入了混亂，他們叫囂著，嘲弄著，催促著詹達繼續打。

再給我一個機會，傑瑞全心希望著。他蹲下身子，忍受著所有的攻擊，等待著。他的下顎感覺起來不太對勁，痛得很厲害，可是他已經不在乎了，只要他能夠再打詹達一次，再一次回味先前那甜美的一擊。如今他被打得遍體鱗傷，而群眾的嘈雜聲突然變得激昂，好像有人把音量調大了。

愛彌兒已經累了，但那個小鬼卻怎麼也不肯倒下。他抽回手臂，讓自己休息一下子，並轉頭尋找著可以幫忙的人，希望可以用壓倒性的最後一擊取得勝利。就在這時候，傑瑞看見了回擊的機會。在痛苦和暈眩中，傑瑞看見詹達的胸膛和腹部敞開來沒有防守，於是他擺動身體——甜美的第二擊，他使盡全部力氣和決心以及復仇的意念，打向毫無防備的詹達，打得他失去重心。詹達顛簸地向後退，臉上盡是驚訝和痛苦。

傑瑞充滿勝利感地看著詹達，看著他膝蓋彎曲，虛弱地掙扎要站穩。傑瑞轉身面對群眾，等待著——什麼？喝采呢？他們竟然發出噓聲。竟然在噓他！他搖搖頭，試圖讓自己重新振作。從瞇起的視線中，他看見亞奇站在人群中，正咧著嘴笑，一副得意洋洋的神情。一種新的噁心感襲向傑瑞，這種噁心感是一種認知，認知了他自己也變成另一頭野獸，另一隻怪物，變成了這個暴力世界中另一個使用暴力的人。他知道自己也對這個世界造成了禍害，不是去撼動、去影響這個世界，而是去破壞它。他竟然讓亞奇把他也變成這種人。

還有外面的群眾，這些就是他希望去影響的人嗎？這些就是他希望對之證明自己的人嗎？見鬼了，他們根本就巴不得他失敗，他們希望詹達幹掉他，看在老天的份上！

詹達的拳頭擊向他的太陽穴，將傑瑞打得搖搖欲墜。他的肚子也受到詹達猛力的毆打。他防禦地抱著肚子，結果他的臉又被詹達接連揍了兩拳——他感覺左眼眶被打碎了，眼球好像也被壓扁了。他的身體痛苦地往下倒。

在驚恐中，羅花生數了詹達究竟毆打他的對手多少下。十五，十六。他跳了起來。放手，快放手。但沒有人聽見。他的聲音淹沒在群眾如雷的尖叫聲中。群眾們尖叫著幹掉……幹掉他，幹掉他。羅花生無助地看著傑瑞終於倒向拳擊台的地板上，嘴巴張開，奮力吸著氣，眼神呆滯，鼻青臉腫。有一瞬間，他的身體僵硬得好像一隻受傷的動物，接著他垮了下去，好像一大塊被切好掛在肉販鉤子上的肉。

燈光暗掉。

歐比永遠不會忘記那張臉的。

燈光暗掉之前，他從拳擊台上撤離，對於台上的景象——那個叫雷諾的小子被詹達毆打的景象——覺得很厭惡。不管怎樣，看見流血的場面總是讓他覺得噁心。

在把視線從觀眾席移開前，他瞥見了有一座小丘正在俯看著球場上的一切。其實，那不是真正的小山丘，而是豎立在球場邊緣的一塊巨大的石頭，石頭上覆蓋著青苔和髒污，那些青苔和髒污必須每天清理。

小丘上有個動靜吸引了歐比的注意力，接著他看見了雷恩修士的臉。雷恩站在小丘的頂端，黑色的外套披在肩膀上。他的臉在球場燈光的映照下，就像一枚隱約閃爍的錢幣肖像。那個大混蛋，歐比想著。他剛剛一直在這裡，我敢說，他一直樂在其中觀賞著這一切。

當燈光暗掉時，雷恩的臉也掩沒在黑暗中。

黑暗來得如此突然，又如此之深。

就像是一瓶巨大的墨水潑倒在看台、拳擊台，和整座球場上。

就像整個世界被突然抹掉，變成一片荒蕪。

×你的上帝，亞奇一面想著，一面摸索著穿過看台，走向控制電力的小房間。

他踉蹌了一下，跌倒，接著摸索著站起身。

有人推擠著衝過他的身邊。看台上傳來的那些吵鬧聲真是可怕。學生們尖叫、大吼，還有人從看台椅子上摔下來的聲響。黑暗中閃現了點點微弱的星光，是火柴和香菸的火光。

愚蠢，亞奇想道，這些人都蠢到不行。看來現場只有他有足夠的理智，想到要去電力控制室察看一下電源出了什麼問題。

踩過一個倒地的身體，亞奇伸手往前摸索，一路跌跌撞撞地走向電力控制室。當他摸索到門把的時候，燈光再度亮了起來，亮光刺得他差點睜不開眼睛。迎著眩目的燈光，他不斷眨眼，開門的手鬆開。他和賈寂思修士四目對望，而賈寂思修士的手正擱在電源開關上。

「歡迎光臨，亞奇。我猜想你就是這一場晚會的主謀，是吧？」他的聲音很冷酷，而且毫無疑問地，帶著輕視。

第三十八章

「傑瑞。」

潮溼的黑暗。真好笑。黑暗根本不可能是潮溼的。但它確實是。潮溼得像是血。

「傑瑞。」

但血不可能是黑的。血是紅色的。而且他覺得自己陷入黑暗中。

「快起來，傑瑞。」

起來？要去哪裡？他喜歡待在這裡，待在這個黑暗、溼潤、溫暖和潮溼的地方。

「嘿，傑瑞。」

窗戶外面有聲音在呼喚他。把窗戶關上。關上。把那個聲音關在外面。

「傑瑞……」

這個聲音不只是很憂鬱，而且是——恐懼。聲音中有某個東西很恐懼。

突然間，痛苦證實了他是存在的，將他帶回到現實，此時此地。老天，真的好痛。

「放輕鬆，傑瑞，放輕鬆。」羅花生正在說著話，他將傑瑞抱在臂彎裡。此刻運動場上已經再度大放光明，拳擊台看起來很像是一架手術台，可是運動場上幾乎是空的，只留下幾個好奇的學生在附近晃蕩。羅花生苦澀地觀看那些學生離開，是被賈寂思修士以及其他幾位教職員趕走的。那些傢伙好像在逃離一個犯罪現場似的，讓這個地方淨空。羅花生自己是在黑暗中一路推擠著走向拳擊台，當他終於抵達傑瑞身邊時，燈光恰好重新點亮。「趕快叫醫生來。」他對著那個名叫歐比的傢伙大吼──他是亞奇的走狗。

歐比點點頭，在探照燈的照耀下，他的臉色蒼白，就像一抹幽魂。

「放輕鬆，」羅花生說著，把傑瑞抱得更近一些。傑瑞覺得自己好像快要斷裂了。「所有一切都會變好的……」

傑瑞抬起頭，面向這個聲音，想要回答它。他必須回答。可是他的眼睛還是緊閉著，好像這麼一來，他就可以把疼痛擋在外面。可是他身體內有一種超越疼痛的急迫感。疼痛已經變成他存在的本質，可是另外這件事卻壓著他，成為一種可怕的負擔。那到底是什麼事？是領悟，領悟：他發現到。真可笑，他的思想怎麼突然間變清晰了？他的思想跟他的身體脫離，漂浮在他的身體之上，漂浮在他的疼痛之上。

「一切都會變好的，傑瑞。」

不，不會的。他認出了這是羅花生的聲音，而且他有件很重要的事情要跟羅花生說。他必須告訴羅花生，去打球，去打美式足球，去跑步，去加入球隊，去賣巧克力，去賣任何他們要你賣的東西。他試著把這些話變成聲音，可是他的嘴巴有點不對勁，他的牙齒和臉也都不對勁。無論如何，他還是要超越這些去告訴羅花生他應該知道的事。別人都說，你應該盡你的本分，但他們其實不是那個意思。他們不希望你盡本分做好你的事，除非那件事恰好也是他們的事。這真是個笑話，羅花生，這是場大騙局。千萬不要去撼動整個宇宙，羅花生，不管那張海報上是怎麼說的。

他的眼睛眨動，張開，然後他看見了羅花生的臉，歪斜的，好像在一部拍得很爛的電影上。但他還是看見了羅花生臉上的關切和擔憂。

不要擔心，羅花生，這再也傷害不了我了。看見了嗎？我浮起來了，超越所有的痛苦。只要記住我告訴過你的。那很重要。要不然的話，他們就會宰了你。

「你為什麼這樣對付他，亞奇？」

「我不知道你在說什麼。」

亞奇轉身背對賈寂思修士，他注視著那輛救護車正小心翼翼地駛出運動場，車頂上轉動的藍色燈光，將緊急照明燈投射到四面八方。醫生說，雷諾的下顎骨折，而且內臟可能也受損了。要照X光之後才能確定。真是太慘了，亞奇想，這就是拳擊比賽的風險。

賈寂思修士把亞奇的臉扭過來，「當我跟你說話時，看著我。」他說，「要不是有人跑到我的宿舍跟我說這裡發生了什麼事，天曉得這件事會變成怎樣？發生在雷諾身上的事已經夠糟了，更別提這種暴力風氣。而且你可能還會吃上聚眾鬧事的罪，你看你是怎麼煽動群眾的。」

亞奇根本懶得回答。賈寂思修士大概自認為是個英雄吧，因為他關掉電燈，阻止了這場打鬥。可是亞奇的想法是，賈寂思修士所做的一切只是毀了這個晚上而已。話說回來，賈寂思修士也未免到達得太晚了。雷諾早就被打了。太快了，事情發生得太快了。都怪那個笨卡特把事情搞砸的。下體攻擊。吼！

「你有什麼話要幫自己辯護的，柯斯特洛？」賈寂思修士堅持。

亞奇嘆了口氣，覺得很累，真的。「是這樣的，修士，學校要我們賣巧克力，而我們也把巧克力賣掉了。這只是在慰勞大家，就這樣而已。只是一場拳擊比賽，一切都是照規矩來的。一場堂堂正正而且很公平的拳擊賽。」

雷恩修士突然間出現在他們身邊，用一隻手環抱著賈寂思修士，拍拍他的肩膀。

「我看你已經把一切事情都控制住了，賈寂思修士。」他說，熱情地。

賈寂思轉過身，用一張冷峻的臉看著他的同僚。「我想我們免不了要面對一場災難了。」他說，聲音中含著指責，不過，只是很輕微、帶有警告意味的指責，不像他剛剛面對亞奇時所流露出來的敵意。於是亞奇明白了，這裡仍然是由雷恩做主，他還是那個掌權的人。

「雷諾將會得到最好的照顧，我跟你保證。」雷恩說。「哎，男孩子就這樣，賈寂思，他們就是太精力旺盛了。喔，有時候難免失控，不過，看見他們這麼活潑、這麼熱情、這麼狂熱，也是滿好的。」他轉身看著亞奇，以一種稍微嚴厲，但不是真正生氣的語調說話，「今天晚上，亞奇，你並沒有善用你最好的判斷力。可是我了解你這麼做也是為了學校。為了三位一體的精神。」

賈寂思修士悄悄離開。亞奇和雷恩看著他離去的身影。亞奇的內心笑了。可是他隱藏起他的感覺。雷恩站在他這邊，帥呆了。雷恩和守夜會和亞奇。未來的一年想必會精采萬分。

救護車的警報聲劃破了黑夜。

第三十九章

「總有一天，」歐比說，聲音中帶著警告，「亞奇，總有一天……」

「閉嘴，歐比。我今天晚上已經聽夠了訓話。賈寂思修士已經對我說教說了好一會。」亞奇咯咯笑了，「可是雷恩趕來拯救了我，真是個好人，那個雷恩。」

他們坐在看台上，觀看一些人正在清掃底下的運動場。這裡是他們第一次看見雷諾的地方，而且那天下午他們挑選了他來進行任務。夜晚變寒冷了，歐比微微打著哆嗦。他注視著球門柱，它們讓他想起了一些事，一些他無法繼續回憶的事。

「雷恩是個大混蛋，」歐比說，「我看見他當時也在場，就站在那邊那個小丘上——他也在觀賞這場打鬥，看起來完全樂在其中呢。」

「我知道。」亞奇說，「是我偷偷告訴他的。一通匿名電話。我猜想他應該會看得很樂。而且我也是在想，如果他在場參與其中，那麼萬一發生什麼意外的話，他也會是我們的保護傘。」

「總有一天，亞奇，你一定會自食惡果的。」歐比說，卻只是反射性地脫口而出。亞奇永遠都搶先大家一步。

「好吧，歐比。我打算忘記你今天晚上對我做的事——你和卡特以及那個黑盒子。他媽的，那一刻可真夠戲劇化的。我當然能夠了解你的感受嘍。你和卡特這種人，我對你們了解的程度，也算是個奇蹟。」他說著反話，當他想要挖苦人或耍酷時，就會陷入說反話的情緒中。

「說不定下一次黑盒子就會發生作用了，亞奇。」歐比說，「也或者會出現另一個像雷諾這樣的人。」

亞奇懶得搭腔。這種假設性的問題實在不值得回答。他嗅嗅空氣，並打了個呵欠。「嘿，歐比，那些巧克力怎麼樣了？」

「那些傢伙在一團混亂中毀了那些巧克力。如果你是想問獎金誰拿走了，答案是布萊恩・柯朗。下個星期守夜會開會時，我們會把錢拿給他。」

亞奇根本沒在聽。他一點也不感興趣。他只是餓了。「歐比，你確定所有的巧克力都沒了？」

「我確定，亞奇。」

「那你身上有好時巧克力或者其他牌子的？」

「沒有。」

燈光再度關閉。亞奇和歐比坐在那裡，坐了好一會，什麼話也沒說，然後他們在黑暗中離去。

文學館E0117
巧克力戰爭 The Chocolate War

作者：羅柏・寇米耶（Robert Cormier）
翻譯：周惠玲

主編：周惠玲
執行編輯：翁淑靜
校文：陳錦輝、翁淑靜、周惠玲
封面設計：張士勇工作室
排版：中原造像股份有限公司

發行人：王榮文
出版發行：遠流出版事業股份有限公司
地址：台北市100南昌路2段81號6樓
電話：（02）2392-6899
傳真：（02）2392-6658
劃撥帳號：0189456-1

著作權顧問：蕭雄淋律師
法律顧問：王秀哲律師・董安丹律師
製版印刷：中原造像股份有限公司
初版一刷：2008年9月1日
行政院新聞局局版台業字第1295號
定價：新台幣260元
若有 頁破損，請寄回更換

ISBN 978-957-32-6329-6
YLib遠流博識網：http://www.ylib.com
e-mail:ylib@ylib.com

國家圖書館出版品預行編目資料

巧克力戰爭／羅柏・寇米耶 (Robert Cormier) 作；
周惠玲 譯 . -- 初版 . -- 臺北市：遠流 , 2008. 09
面； 公分 . --（文學館；E0117）

譯自：The Chocolate War
ISBN 978-957-32-6329-6（平裝）

874.57 97010369